«PANDORA»

Della stessa autrice

Anna dagli occhi verdi
Il Barone
Saulina (Il vento del passato)
Come stelle cadenti
Disperatamente Giulia
Donna d'onore
E infine una pioggia di diamanti
Lo splendore della vita
Il Cigno Nero
Come vento selvaggio
Il Corsaro e la rosa
Caterina a modo suo
Lezione di tango
Vaniglia e cioccolato
Vicolo della Duchesca
6 aprile '96
Qualcosa di buono
Rosso corallo
Rosso corallo
(Edizione illustrata)
Singolare femminile
Il gioco delle verità
Mister Gregory
Un amore di marito
Léonie
Giulia per sempre
(*Disperatamente Giulia, Lo splendore della vita*)
Il Diavolo e la rossumata
Palazzo Sogliano
La moglie magica

Tutti i libri di Sveva Casati Modignani sono disponibili anche in versione ebook, a eccezione di *Rosso Corallo* (Edizione illustrata) e *Giulia per sempre.*

SVEVA CASATI MODIGNANI

LA MOGLIE MAGICA

Sperling & Kupfer

LA MOGLIE MAGICA

ISBN 978-88-200-5614-8
86-I-14

III EDIZIONE

Realizzazione editoriale a cura di InEdita.

«Chi è nell'errore compensa con la violenza ciò che gli manca in verità e forza.»

JOHANN WOLFGANG GOETHE

1

ERNESTA Solmi, custode di un'elegante palazzina Liberty in via Eustachi, lesse ad alta voce la notizia riportata sulle pagine di cronaca milanese del *Corriere della Sera*.

«Ennesima vittima della depressione. Una casalinga trentaquattrenne, madre di due figli, residente in via Eustachi, è stata ricoverata in terapia intensiva al Policlinico, per aver ingerito un'elevata quantità di sonniferi. Il marito ha dichiarato che la donna soffriva da tempo di crisi depressive e, da tre anni, era in cura da un neurologo.» La donna in questione era Mariangela Bombonati, sposata Pinazzi, detta Magìa, un nomignolo che si era data da bambina, quando aveva cominciato a parlare. Se qualcuno le chiedeva come si chiamasse, rispondeva Magìa, perché non riusciva a pronunciare il suo nome per intero.

Ernesta sedeva al tavolo della portineria con l'amica Marina Corti, domestica a ore in casa Pinazzi. Marina ascoltò la lettura dell'articolo e sospirò: «Povera Magìa, così timida, così riservata. Speriamo che si salvi».

«Quand'è arrivata nel palazzo, era una ragazza esuberante, piena d'allegria, te la ricordi? Poi, piano piano...» commentò Ernesta, senza finire la frase.

Era l'undici di dicembre. Sulla città, oltre alla cappa grigia di umidità e smog, gravava una crisi economica che investiva molte famiglie. La gente non aveva voglia di sorridere e nemmeno di festeggiare il Natale ormai imminente.

In trent'anni di onorato lavoro come portinaia, era la prima volta che Ernesta non si decideva a recuperare dal deposito nel cortile né il grande albero di Natale, con il suo corredo di luci e bocce colorate, da collocare al centro dell'atrio, né i ricchi festoni d'abete da appendere con nastri di seta scarlatta alla ringhiera in ferro battuto delle scale.

Ora disse a Marina: «Pensa che proprio ieri mattina, mentre spazzavo il cortile e Magìa faceva salire i figli sull'auto per accompagnarli a scuola, ho domandato: 'Signora Pinazzi, i suoi bambini non stanno nella pelle per l'arrivo del Natale?' Lei mi ha guardato con la solita espressione un po' triste, e subito le ho spiegato: 'Perché quest'anno, io farei a meno di queste feste. Sarà che sto invecchiando'. Allora Magìa ha sorriso e, mentre sedeva al posto di guida, ha detto: 'Io penso che sarà un Natale di pace'. Parole testuali».

«Pensava alla sua pace, quella eterna», dichiarò Marina con voce funerea. Quindi sospirò: «Speriamo che il Signore guardi giù, considerando che quei due innocenti hanno un gran bisogno della mamma, perché se restano soli con quel padre...» Ancora una volta lasciò le parole in sospeso, tanto Ernesta sapeva benissimo quello che Marina intendeva.

«Certo che il Pinazzi si è preso un bello spavento. Magari potrebbe rinsavire», commentò

Ernesta, posando nel lavello le tazzine del caffè che aveva bevuto con l'amica.

«Io vado. Ci vediamo dopo», disse Marina, abbottonandosi il cappotto e avvolgendosi intorno al collo la sciarpa di lana.

Ernesta aggirò il paravento di legno che divideva la cucina dalla portineria e, raggiunti i fornelli, scoperchiò la pentola dentro cui stava cuocendo il minestrone. Subito si diffuse nell'aria il profumo delle verdure. Spense il fuoco, gettò nella pentola qualche foglia di basilico fresco e rimise il coperchio per lasciare riposare la minestra.

Nei mesi invernali, la palazzina di via Eustachi veniva ben riscaldata. Ernesta, tuttavia, era una donna freddolosa e considerava il minestrone caldo una panacea contro i raffreddori e le influenze di stagione.

Da ottobre a marzo, l'odore delle sue verdure ristagnava nell'atrio e lungo le scale. Anni addietro, i condomini se ne erano lamentati tra loro, senza osare farne parola con lei, per timore di umiliarla, perché era una presenza preziosa per tutti loro. Alla fine si erano decisi a regalarle una potente cappa aspirante. La situazione era migliorata, ma non risolta, e quando qualcuno cautamente le diceva: «Signora Ernesta, ma non si stanca di nutrirsi a minestrone?» lei replicava candidamente: «È un cibo così buono! Posso offrirgliene una terrina?» Accettavano tutti per non offenderla.

Quel giorno, lo propose anche a Paolo Pinazzi, quando lo vide comparire nell'androne all'ora di pranzo, prelevare la posta dalla casella, e dirigersi verso l'ascensore. Dopo averlo salutato, gli chiese notizie della moglie.

«Ha lasciato stamani la terapia intensiva, sta meglio, grazie.»

Era pallido, stralunato, aveva la barba lunga e i capelli arruffati.

«Mi sa che anche lei non sta tanto bene», osservò.

«Sono solo stanco, perché non dormo da ieri e nel pomeriggio devo prelevare i bambini da scuola e accompagnarli dalla mamma che insiste per vederli.»

«Se le fa piacere, le porto qualcosa da mangiare», gli propose. Lui la ringraziò e lei preparò un vassoio con una scodella di minestra, un'insalatina fresca e una fetta di formaggio saporito, tagliata da una forma quadrata di quartirolo nostrano che sua figlia, sposata a un allevatore di bovini del lodigiano, le regalava settimanalmente con altre prelibatezze della loro azienda agricola. Vi aggiunse anche una coppetta di castagne lessate con il miele e affogate nella panna montata.

Entrò in casa Pinazzi e trovò l'uomo rannicchiato sul divano, in pigiama e vestaglia, gli occhi gonfi di stanchezza.

Lei appoggiò il vassoio sul tavolino, dalla cucina gli portò le posate, un tovagliolo e l'acqua minerale. Lui cercò il suo sguardo e le domandò con l'aria di un bambino smarrito: «Perché la mia Magìa ha fatto un gesto tanto orribile? Io non capisco. È giovane, è bella, non le manca niente. Perché?»

La donna scosse il capo e disse: «Non deve chiederlo a me».

Più d'una volta, nel corso degli anni, le era capitato di assistere alle sfuriate del Pinazzi contro la moglie, che si faceva piccola e tremebonda e sussurrava ossessivamente: «Scusami, scusami, scusami», mentre lui la guardava furente, il viso congestionato, la voce che diventava un ringhio minaccioso. Ernesta si affrettava a raggiungere l'uscio di casa per andarsene e Magìa, vergognandosi che un'estranea fosse stata presente a quella scena, correva a chiudersi in bagno e piangeva.

Ernesta pensava: se avessi avuto un marito come questo, lo avrei preso a calci e messo alla porta. Poi considerava che il suo era stato anche peggiore, perché l'aveva abbandonata da un giorno all'altro, lasciandola senza un soldo e con una figlia appena nata da crescere, per scappare a Genova, dove viveva la sua amante. Di lui non aveva più avuto notizie fino al giorno in cui l'ufficio dell'anagrafe le aveva comunicato il suo stato di vedovanza e lei aveva ricevuto una pensione di reversibilità di cui avrebbe potuto fare a meno, perché il portierato nella palazzina di via Eustachi le garantiva uno stipendio decoroso, alloggio gratuito e buone mance a Natale e Ferragosto.

Ora guardò quel bel quarantenne, bruno, possente, con il viso di un bambino addolorato, e provò per lui un sentimento di pietà. Si disse che era impossibile penetrare nei meccanismi misteriosi di una coppia e non spettava a lei giudicare.

Paolo Pinazzi doveva essere affamato, perché divorò tutto quello che gli aveva portato in una manciata di minuti. Alla fine, mentre lei stava andando via, lui disse: «Non ho ancora ringraziato Marina. Se non fosse stato per lei, mia moglie sarebbe morta. Che ne dice se le mando un mazzo di fiori?»

«Lasci perdere, tanto più che non è stata Marina, ma la mano santa del Signore a salvare sua moglie», tagliò corto Ernesta.

2

Ernesta e Marina erano amiche da molti anni. Entrambe sole, si definivano «felicemente vedove», ed essendo persone semplici, dotate di buon senso e di una notevole dose di generosità, avevano preso sotto la loro ala protettrice i condomini della palazzina. Da giovane, Marina era stata molto bella e anche ora, che aveva quasi sessant'anni, continuava a essere una donna piacente. A diciotto anni aveva sposato un fisioterapista dell'ospedale Gaetano Pini. Il loro era stato un matrimonio felice fino a quando il marito si era ammalato di tumore ed era morto in pochi mesi.

Lei era una donna iperattiva che non aveva mai accettato la condizione di moglie dedita unicamente alla casa e, a un anno dalle nozze, aveva trovato il modo di occupare una parte del suo tempo facendo le pulizie dai Consonni, una coppia di giovani medici che vivevano nella palazzina di via Eustachi. Lì aveva conosciuto Ernesta.

La dottoressa Consonni, incinta del suo primo figlio, si era trovata così bene con lei che l'aveva raccomandata alle Anselmi, madre separata e figlia zitella, che abitavano nello stesso palazzo. Marina Corti aveva quarantacinque anni quando il marito era passato a miglior vita e presto si erano fatti avanti alcuni corteggiatori. Ma lei considerò che aveva già avuto la sua parte di felicità con il fisioterapista e un nuovo marito le avrebbe dato soltanto fastidio. La casa, il suo lavoro di domestica a ore e le amiche le riempivano la vita. Tra queste, Ernesta era quella cui era più legata anche perché si vedevano quasi ogni giorno.

Erano trascorsi quattordici anni dalla mattina in cui la portinaia le aveva annunciato: «Sai quell'appartamento in vendita al terzo piano? L'ha comperato uno di Ferrara, un giovane che è proprietario di alcune calzolerie in centro. Prima stava in una casa più piccola in via Bronzino, mi ha detto l'amministratore. Pare che stia per sposarsi e mi ha chiesto se conosco una persona fidata che gli curi la casa. Ti interessa?»

«Che tipo è?» si era informata Marina.

«L'ho visto due volte in tutto. È un bel ragazzo. Indecifrabile, direi. L'amministratore sostiene che ha pagato l'appartamento in contanti, quindi deve essere uno che sta bene», spiegò alludendo alla posizione economica del nuovo arrivato.

«Ma è simpatico?» insistette l'amica.

«Non lo so. A me sembra un bambino che deve ancora diventare adulto. Però, è proprio bello.»

«Digli che andrò da lui lunedì alle nove a presentarmi.»

Quando si era trovata di fronte a Paolo Pinazzi, si era detta che Ernesta lo aveva descritto perfettamente.

Aveva fatto il giro dell'appartamento, in gran parte ancora da arredare, e aveva visto pile di stoviglie sporche nel lavello della cucina, in salotto e perfino in camera da letto, e biancheria sparsa ovunque.

«Verrò da lei tre volte la settimana a giorni alterni, a partire da lunedì, e il venerdì le lascerò il conto che lei salderà il lunedì successivo», aveva precisato.

Tre mesi dopo, una mattina d'aprile grondante pioggia, Marina si era trovata di fronte Mariangela Bombonati, una ragazza bionda, bellissima, che aveva grandi occhi celesti e un sorriso schietto che le illuminava il viso.

«Sono Magìa», le aveva detto, e subito dopo l'aveva invitata a entrare, spiegando: «Ho appena fatto il caffè. Andiamo a berlo in cucina».

«Magìa... nel senso che non sei reale?» aveva domandato Marina. Poi si era scusata per averle dato del tu. «Ma lei è così giovane! Si chiama davvero Magìa?»

«Il tu va benissimo. Quanto al mio nome... qualche volta mi piacerebbe saperle fare certe magie. Forse una mi è riuscita, quella di far innamorare di me il Pinazzi», aggiunse con fare malizioso.

«Così sei tu la sua fidanzata.»

«La moglie, prego», disse lei con finto sussiego.

E spiegò: «Ci siamo sposati ieri mattina, al mio paese».

«Niente viaggio di nozze?»

«Quello sarà in agosto, quando lui chiude i suoi negozi. Sai, io sono di Rovatino, un borgo antichissimo di montagna. Per l'esattezza, il mio paese è Rovatino di Sopra, per distinguerlo da Rovatino di Sotto che è più a valle, lungo la provinciale che porta in Svizzera. Lì c'è una grande piazza con la chiesa e il municipio e ci sono botteghe, ritrovi, fabbriche. È lì che ci siamo sposati.»

«Allora, tante felicitazioni. E, senti, devo chiamarti Magìa?»

«Mi chiamano tutti così, da quando avevo due anni. Per l'anagrafe sono Mariangela, ma è un nome nel quale non mi riconosco», chiarì, mentre Marina si gustava il caffè.

«È davvero speciale questa miscela. Dove l'hai presa?»

«La spesa l'ha fatta il Pinazzi ieri sera, mentre io rifacevo il nostro letto con le lenzuola della mia dote», rispose con aria sognante.

Marina sussurrò: «Beata gioventù», e si preparò a rassettare l'appartamento.

«Sono così felice di essere diventata la signora Pinazzi», trillò la giovane. «Prima lavoravo in un ipermercato, settore contabilità. Sono bravina con i numeri. Mi sono licenziata, perché mio marito non vuole che io lavori. Dice che avrò già il mio da fare a occuparmi della casa e di lui.»

Marina l'aveva guardata con tenerezza.

«Lo sai che lui è un gran disordinato?» le aveva rivelato.

«Lo so. Fa parte del suo fascino. Il Pinazzi mi piace tantissimo e mi piaci anche tu, Marina. Non voglio rinunciare al tuo aiuto, tanto più che avrò dei figli, ma lui questo non lo sa ancora.»

In quel momento, dal fondo dell'appartamento era giunta la voce stizzita del neomarito che gridava: «Magìa! Dove sono le mie cravatte? E i calzini? Sei qui da una notte soltanto e mi hai già scombussolato le cose».

Lei aveva posato la tazzina del caffè sul piattino mentre sussurrava smarrita: «Oddio, cos'ho fatto? Scusa, Marina, devo correre ad aiutarlo».

In quell'istante Marina Corti aveva avuto un presentimento sgradevole, ma non avrebbe mai immaginato che, giorno dopo giorno, anno dopo anno, l'esuberante Magìa sarebbe diventata la donna infelice che aveva cercato di porre fine ai suoi giorni con i barbiturici e che il caso avrebbe fatto di lei la sua salvatrice.

Era accaduto che, il giorno precedente il tragico gesto, Marina avesse dimenticato gli occhiali sulla credenza della cucina di Magìa. Erano le lenti per vedere da lontano e quindi non strettamente necessarie. Il giorno seguente, quando ebbe finito di pulire i terrazzini e i vetri della dottoressa Sanna, una psicoterapeuta che aveva abitazione e studio al piano mansardato, era scesa al terzo piano per recuperarli, pensando di bere poi un caffè con Magìa, facendo due chiacchiere.

Aveva suonato inutilmente alla porta di casa Pinazzi. Le era sembrato strano che la donna non fosse ancora rincasata, perché, di solito, andava al supermercato dopo aver lasciato i figli a scuola e ritornava sempre prima delle dieci. Adesso erano le dieci e mezzo. Lei comunque voleva recuperare gli occhiali e quindi era entrata con le chiavi in dotazione.

L'avevano colpita il disordine e il silenzio, ma i suoi occhiali erano lì, sulla credenza, dove li aveva lasciati.

D'istinto, aveva sparecchiato la tavola della cucina e lavato le stoviglie. Poi aveva fatto il giro dell'appartamento. Magìa era sul letto, nella camera matrimoniale. Indossava i jeans e il maglione di lana. Dormiva. Anzi, no: rantolava. Un filo di bava colava dalle labbra violacee.

L'aveva chiamata a più riprese, schiaffeggiandola leggermente. Magìa respirava appena e non si svegliava.

Ai piedi del letto, sul tappeto, c'erano due blister vuoti di un farmaco per dormire e, sul tavolino da notte, una bottiglia semivuota di acqua minerale.

«Oh, caro Signore! Si è avvelenata!» constatò con orrore e, in preda al panico, s'interrogò: «Adesso cosa faccio?»

Si era guardata intorno smarrita come se, dal nulla, potesse emergere un aiuto. Era evidente che doveva agire in fretta e, d'istinto, aveva pescato dalla tasca del suo cappotto il cellulare per chiamare un pronto soccorso medico. Doveva fare il 113 o il 118? Non se lo ricordava. Allora aveva chiamato il Pinazzi che aveva risposto al primo squillo.

«Sua moglie sta morendo. Si è avvelenata», aveva gridato.

«Marina, ma che cosa sta dicendo?» aveva gridato a sua volta Paolo Pinazzi.

«Chiami subito un'ambulanza, non c'è un minuto da perdere», aveva insistito lei.

Se il giorno prima non avesse dimenticato gli occhiali in casa Pinazzi, Magìa sarebbe morta.

Ora erano le tre del pomeriggio e, dopo aver mangiato ed essersi concessa un'ora di riposo, tornò di nuovo nella palazzina di via Eustachi e dischiuse la porta a vetri della portineria.

3

«MAGÌA sta bene», disse subito Ernesta all'amica, mentre metteva sul fornello la moka per fare il caffè.

«Dio sia lodato! Da chi l'hai saputo?» domandò Marina, sbottonandosi il cappotto, prima di sedere al tavolo.

«Dal marito. È rientrato dall'ospedale a mezzogiorno. Era conciato da buttar via e mi ha fatto quasi pena, tanto che gli ho portato qualcosa da mangiare e sai cosa m'ha domandato? Voleva sapere da me la ragione del gesto di sua moglie.»

«Chissà che questa legnata non gli serva di lezione. Da anni mi domando perché Magìa insista a vivere con quel matto.»

«Fatti loro», replicò Ernesta, versando il caffè nelle tazzine.

«Un po' anche nostri. Perché io mi sono affezionata a quella ragazza come fosse la figlia che non ho mai avuto», ammise Marina, pensando alle mille piccole attenzioni che la giovane donna aveva per lei.

«Tutti, nel palazzo, vogliono bene a Magìa», ribatté Ernesta e proseguì: «Sono così contenta che si sia salvata che stasera ho deciso di andare al cinema, se vieni anche tu».

«Ci sto. Scegli un bel film divertente», si entusiasmò Marina, sul punto di congedarsi.

«Fidati. Passo io a prenderti alle sette e mezzo», decise Ernesta.

La domestica salì al primo piano, entrò nell'appartamento dei Consonni e si meravigliò di trovare in casa il dottore che, d'abitudine, rientrava solo per l'ora di cena. Era in pigiama, aveva lo sguardo spento e, con voce lacrimosa, annunciò: «Sono malato. Lei, per favore, faccia piano, perché i rumori mi danno fastidio».

«Posso sapere che cos'ha?» gli domandò Marina, mentre si toglieva il cappotto e la sciarpa.

«Vai a saperlo! Mi fa male la testa, mi brucia la gola, credo di avere la febbre», si lamentò, avviandosi stancamente verso il soggiorno.

«Se non lo sa lei che è un dottore», brontolò Marina, per niente intenerita dal vittimismo del medico.

Mentre rigovernava la cucina, il medico si affacciò alla porta e, con un filo di voce, disse: «Marina, ho sete».

Gli offrì un bicchiere d'acqua e lui, prima di berlo, disse: «Ho anche mal di stomaco. L'acqua mi farà male?»

La domestica si spazientì, così domandò: «Il quesito è per la donna delle pulizie o per l'esperto medico internista?»

Lui non raccolse la provocazione.

«È per il buon senso delle donne, in generale.»

«Beva l'acqua, se ha sete», replicò, e poi s'informò: «La signora lo sa che lei non si sente bene?»

«Certo, ma non si è neppure degnata di correre a casa per curarmi.»

Come la gran parte degli uomini, il dottor Consonni era terrorizzato all'idea di ammalarsi e stava facendo la vittima. Sua moglie riceveva pazienti nello studio dal mattino alla sera. Era una lavoratrice instancabile che aveva cresciuto tre figli, senza mai smettere di esercitare la professione. Ora che i ragazzi erano adulti e se n'erano andati da casa, la dottoressa Consonni si era fatta carico anche di un ambulatorio in cui lavorava gratuitamente per gli extracomunitari irregolari.

Marina guardò l'anziano medico con tenerezza e gli posò una mano sulla fronte. Scottava. Allora disse: «Adesso la curo io».

Lo prese per un braccio e lo sospinse dolcemente verso la camera da letto.

«Grazie, Marina», piagnucolò lui.

«Adesso si metta sotto le coperte, così applichiamo la prima delle tre regole per sconfiggere la febbre: lana, latte, letto.»

Gli fece bere una tazza di latte bollente corretto con del brandy e gli somministrò una tachipirina. Poi riprese il suo lavoro. Mentre pensava all'egoismo degli uomini ripiegati solo sui loro problemi e indifferenti al resto del mondo. Quando ebbe rassettato l'appartamento e preparato la cena, l'uomo era quasi sfebbrato e dormiva profondamente.

Erano ormai le sette di sera e aveva fretta, perché voleva tornare a casa a cambiarsi per andare al cinema con Ernesta. Tuttavia decise di salire al terzo piano per verificare se in casa Pinazzi ci fosse bisogno di lei. Suonò alla porta.

Le aprì Sara, la figlia dodicenne di Magìa.

«Bambini, come state? Vi serve qualcosa?» domandò Marina.

La ragazzina si fece da parte per invitarla a entrare.

«Il papà non c'è. Io e Luca stiamo mangiando la pizza», la informò subito, spiegando che dopo la visita alla mamma, in ospedale, il Pinazzi li aveva riportati a casa ed era tornato da lei, perché non aveva cuore di lasciarla sola.

«Come sta la mamma?»

«Bene. Torna sabato.»

«E voi siete soli?» si preoccupò la donna.

Luca, che era in cucina, si affacciò sul corridoio. Aveva le labbra e le mani impiastricciate di pomodoro.

«Marina, vuoi un po' di pizza? È quella bella soffice del 'Lurido'», precisò per rendere più appetibile l'invito.

Nel quartiere chiamavano «Lurido» un pizzaiolo che aveva una piccola bottega sulla circonvallazione e sfornava le migliori pizze da asporto della città.

«Grazie, come se avessi accettato. A che ora torna il papà?»

«Verso le nove e vuole trovarci già a dormire. Noi, invece, guardiamo la tele e schizziamo a letto appena lo sentiamo arrivare», spiegò il ragazzino.

«Il papà mangia in ospedale con la mamma. Sai, la mamma è nel reparto di lusso, quello a pagamento», puntualizzò Sara con un tono tra l'invidia e l'orgoglio.

«Sentite, io sarei dovuta andare al cinema con l'Ernesta, ma se vi fa piacere mi fermo qui fino a quando torna vostro padre», propose, sapendo che i bambini avrebbero gradito la sua presenza. Con il cellulare avvisò l'amica che rinunciava al film.

Entrò in cucina con loro e cominciò a raccogliere briciole e croste di pizza disseminate sotto il tavolo, a impilare nel lavello le stoviglie sporche, ad asciugare un laghetto di Coca-Cola sul ripiano del tavolo, mentre i due fratelli si disputavano l'ultimo sorso della bevanda.

«È stata contenta di vedervi, la mamma?» s'informò Marina.

Non le risposero e lei non insistette, invece li sollecitò a cambiarsi per la notte e dopo si piazzò sul divano con loro a guardare un cartone animato alla tele.

Luca si rannicchiò al suo fianco e, a un certo punto, propose: «Vuoi dormire con me nel mio letto?»

«Mi piacerebbe, ma temo che sia troppo piccolo e dormiremmo male tutti e due», rispose la donna.

«Invece la mamma ci sta benissimo e a volte, quando il papà dorme, lei viene nel mio letto», replicò Luca.

«Anche nel mio», ci tenne a dire la sorella.

«Solo che dopo lui se ne accorge e si arrabbia.»

Pronunciò «lui», riferendosi al padre, come se ne avesse paura.

«Perché è geloso», intervenne Sara, con l'aria della donnina che sa tutto.

«I papà e le mamme devono dormire nello stesso letto», intervenne Marina, per tranquillizzare i ragazzini.

In quel momento sentirono l'ascensore bloccarsi al piano. Sara e Luca schizzarono verso le loro camere, senza neppure salutarla. Era evidente che temevano il padre.

Marina spense il televisore e andò incontro al Pinazzi.

«Che cosa ci fa qui, a quest'ora?» la aggredì l'uomo.

«Ma la smetta! Mi sono presa cura dei suoi figli e adesso vado via», gli rispose con fare severo.

«Mi scusi, Marina», si addolcì lui, correggendo subito il tono. E proseguì: «Non mi aspettavo di trovarla qui di sera. Se avessi saputo che poteva stare con i miei figli, mi sarei fermato a dormire con mia moglie». Poi spiegò: «In questi giorni ho trascurato il lavoro. Se domani pomeriggio potesse passare dalla scuola a prenderli e, magari, preparare la cena, dopo io li porterei dalla mamma. Sa, mia cognata, che ieri è stata con loro, oggi è ripartita per il suo paese e senza mia moglie io non so come accudirli. Naturalmente la pagherei per il disturbo».

«Non dica sciocchezze. Io ci sono sempre per i figli di Magìa», lo liquidò la donna.

4

SECONDO il suo programma settimanale, il giovedì mattina Marina si dedicava alle pulizie in casa di Cipriana Sanna. La psicoterapeuta rientrò quando lei stava concludendo il suo lavoro.

«Stamani ho saputo da Ernesta che Magìa si sta riprendendo e tornerà presto», disse la dottoressa. Poi scosse il capo e soggiunse: «Sono molto preoccupata per lei».

La domestica annuì.

«Forse il medico che la seguiva non l'ha curata bene», bisbigliò, esternando un dubbio che aveva da sempre.

Erano nell'ingresso della mansarda, il cui soffitto prendeva luce da una vetrata che dava sul tetto e che consentiva a Cipriana di avere piante bellissime, con rami e fiori protesi verso l'alto. La donna porse a Marina guanti, berretto, borsa e giaccone, mentre replicava: «Il problema non è il neurologo e non è nemmeno Magìa, che sarebbe una persona equilibrata».

«Sappiamo tutti che il problema è il marito che, quand'è di buon umore, è una pasta d'uomo, ma quando gli gira la ciribiciaccola, è meglio stargli lontano per evitare il peggio», concluse Marina.

La dottoressa Sanna non fece commenti e si rifugiò nel suo studio. Era stanca dopo una mattinata trascorsa in un consultorio famigliare della Asl, alle prese con drammi simili a quello di Magìa e talvolta anche peggiori. I disagi psichici delle persone che si rivolgevano a lei non la lasciavano mai indifferente e le sofferenze dei pazienti erano spesso un fardello pesante anche per lei. Si sdraiò sul divano che solitamente ospitava i suoi pazienti, si accese una sigaretta, chiuse gli occhi e pensò a Magìa.

L'aveva conosciuta cinque anni prima, quando si era insediata in quella palazzina borghese, portandovi una ventata di trasgressività non soltanto per la sua professione, ma anche perché aveva subito dichiarato di essere una ragazza madre messa al bando dalla famiglia quando, a diciott'anni aveva rivelato d'essere incinta e di non voler sposare il padre del suo bambino. I Sanna vivevano da sempre in Barbagia, al centro della Sardegna, possedevano terre e greggi e avevano una mentalità arcaica.

Ritenendo che una gravidanza fuori dal matrimonio arrecasse disonore alla famiglia, l'avevano costretta a lasciare l'isola e l'avevano sistemata a Trieste, in un convitto di monache. Dopo aver partorito un bel maschio, Cipriana si era iscritta alla facoltà di medicina e, dopo la laurea, si era specializzata in psichiatria e poi in psicoterapia, continuando a vivere dalle monache che l'avevano aiutata a crescere il figlio. All'inizio Cipriana aveva lavorato a Trieste, poi era stata cinque anni a Bologna e finalmente era approdata a Milano. Aveva acquistato l'intero piano mansardato nella palazzina di via Eustachi, dove c'era spazio per il suo studio e per l'abitazione che divideva con il figlio Sebastiano. Madre e figlio avevano un rapporto dialettico molto vivace e una dolcissima intesa affettiva. Stavano bene insieme e lei, pur essendo ancora giovane, non aveva mai più sentito il bisogno di imbarcarsi in nuove avventure sentimentali.

Tra tutti i condomini del palazzo, Magìa l'aveva colpita per l'estrema riservatezza, come se temesse di rivelare qualcosa di sé solo da un banale scambio di normali convenevoli.

La prima volta l'aveva incontrata nel salotto delle Anselmi, una sera di febbraio, per una riunione condominiale.

Le aveva dato da pensare lo sguardo sfuggente e il nervosismo con cui seguiva le discussioni tra i condomini. Notò anche l'insistenza nel controllare l'ora e i sobbalzi per ogni nonnulla. Si era detta: Mio Dio, questa ragazza è piena di problemi.

Intanto i condomini discutevano sull'opportunità di ridipingere le serrande dei box auto nel cortile e sostituire le fioriere in cemento con altre più eleganti in terracotta di produzione toscana. A quel punto si era sentito il campanello di casa suonare con insistenza, la professoressa Anselmi era andata ad aprire e, dall'ingresso, era arrivata fino al salotto una voce maschile quanto mai irritata che domandava: «Mia moglie è qui? Bene, le dica che si sbrighi a salire, perché sono già le dieci e i figli la reclamano».

Magìa, che aveva riconosciuto la voce del marito, era impallidita, si era profusa in scuse ed era corsa via. Cipriana non era riuscita a frenare il suo bisogno di intervenire.

Infatti, il mattino seguente aveva suonato alla porta di casa Pinazzi.

Magìa le aveva aperto la porta con le mani infarinate.

«Sto facendo gli gnocchi di patate», aveva spiegato.

«Buoni gli gnocchi! Posso entrare?» aveva chiesto la dottoressa.

La giovane aveva prima controllato l'ora alla pendola dell'ingresso, poi aveva detto: «Mio marito torna per pranzo tra un'ora e vuole trovare tutto pronto, altrimenti...»

«Altrimenti?» l'aveva sollecitata Cipriana.

«Sa come sono gli uomini», era stata la risposta laconica di Magìa.

«Non lo so, non avendo mai avuto un marito. Dimmelo tu. A proposito, niente formalità e diamoci del tu. Posso aiutarti, se vuoi.» L'aveva quasi spinta verso la cucina, mentre insisteva: «Allora, come sono questi uomini?»

Su un grande tagliere di legno c'era un morbido impasto di patate e farina.

«Nemmeno io so bene come sono gli uomini, ma so com'è mio marito: basta un niente e diventa una furia. Se poi ti trovasse qui a parlare con me, sarebbe anche peggio.»

Magìa si era rimessa al lavoro, dividendo l'impasto in tante piccole parti. Cipriana si lavò le mani e iniziò ad aiutarla. «È una fortuna che tu riesca a mantenere la calma», aveva insinuato la donna, senza ottenere una replica.

Avevano cominciato a tagliare i lunghi rotoli dell'impasto in tanti minuscoli cilindri. Dopo alcuni minuti di silenzio, Cipriana aveva domandato con fare lieve: «Credi che tuo marito ti ami?»

C'era stato un lampo di indignazione nello

sguardo di Magìa, mentre rispondeva: «Certo che mi ama! Come io amo lui, senza condizioni. L'ho sposato a dispetto della mia famiglia che lo ha sempre ingiustamente detestato. È un uomo generoso, che sa essere di una tenerezza disarmante e di una dolcezza quasi infantile. È un po' geloso di me, ma insomma, anch'io ho i miei difetti. Tu sei rimasta colpita sfavorevolmente da quella scenata di ieri sera. Io, che lo conosco bene, non ci bado nemmeno. Sai, lui è un lavoratore straordinario e ha molte preoccupazioni che non sempre condivide con me, ma io lo capisco e lo scuso».

Cipriana non aveva fatto commenti, limitandosi a osservare compiaciuta gli gnocchi allineati sul tagliere, come su una scacchiera, pronti per essere tuffati nell'acqua bollente.

Mentre si sciacquavano le mani nel lavello, Magìa aveva soggiunto: «Pensa che il Pinazzi riesce perfino a essere geloso dei nostri figli, perché non vorrebbe spartirmi con nessuno. La gelosia è proprio la sua malattia».

«Magìa, hai presente alcuni grandi dittatori della storia?» le aveva chiesto la dottoressa.

«Tipo Hitler o Stalin?»

«Loro», aveva annuito Cipriana.

«Li ho studiati a scuola. Ma che c'entra? Quelli erano grandi malfattori. Se facevi quello che loro volevano, ti davano tutto. Se ti opponevi, ti eliminavano.»

«Brava. Hai capito benissimo. Ubbidisci e ti colmerò di doni, disubbidisci e rimpiangerai d'essere nato. Questi dittatori erano uomini gelosi», dichiarò Cipriana, mentre si asciugava le mani, e proseguì: «Rifletti su quello che ci siamo dette. È importante che tu capisca con chi hai a che fare. Fidati di me».

5

RISVEGLIANDOSI dal coma, Magìa riaffiorò alla realtà e ciò che vide la riempì d'orrore: occhi torvi, iniettati di sangue, la scrutavano con malvagità e una voce cavernosa ripeteva il suo nome all'infinito.

«Oh... no!» disse, tremante di paura, in un sussurro.

Chiuse gli occhi e quando li riaprì mise a fuoco il viso di suo marito che, chino su di lei, andava ripetendo con dolcezza: «Magìa, mi senti? Sei sveglia? Tesoro, sai chi sono?»

Allora lei emise un lungo sospiro e annuì.

Subito dopo comparve un'infermiera seguita da un medico che le pose brevi domande cui lei rispose a tono.

«Lo sa che ha rischiato di morire?» domandò infine il dottore.

«Volevo soltanto dormire», sussurrò lei, incespicando nelle parole. Poi sprofondò di nuovo nel sonno e il medico, rivolgendosi a Paolo Pinazzi, disse: «Sta navigando su un altro pianeta e ci vorrà ancora qualche ora prima che si risvegli completamente».

Erano nel reparto di terapia intensiva, e il Pinazzi aveva avuto finalmente il permesso di rivedere sua moglie. Ora l'infermiera lo accompagnò all'uscita.

«Tra poco verrà trasferita in neurologia», lo informò la donna.

«Voglio poterle stare vicino. Non si può avere una stanza a pagamento?» domandò Paolo.

«Per questo dovrà aspettare le nove, quando apre l'amministrazione», rispose l'infermiera.

Lui andò al bar a prendere un cappuccino e una brioche. Sedette a un tavolino, perché non si reggeva più sulle gambe. Dopo tante ore di attesa angosciosa, si sentiva uno straccio. Aveva trascorso la giornata di martedì e la notte di mercoledì su un sedile di plastica nel corridoio del reparto in cui Magìa si dibatteva tra la vita e la morte. Il peggio era stato scongiurato e gli sembrava d'essere riemerso alla luce dopo ore passate all'inferno.

Per tutto quel tempo aveva continuato a interrogarsi sulla ragione per cui Magìa avesse voluto togliersi la vita, perché anche per uno come lui, che non voleva mai guardare in faccia la realtà quando entrava in conflitto con la sua tranquillità, era palese che la moglie non aveva trangugiato due blister di sonniferi soltanto per dormire.

Si era ripetuto che, senza Magìa, la sua vita non avrebbe avuto alcun senso, perché lui l'amava. E poi, che ne sarebbe stato dei bambini, della casa e anche del suo lavoro se lei fosse venuta a mancare?

Si arrovellava da ore sulla dissennatezza del gesto di sua moglie senza riuscire a darsi una risposta, anche perché aveva la certezza che il loro fosse un matrimonio bellissimo e Magìa era una donna fantastica. Certo, come tutti, aveva i suoi difetti. Era cocciuta come un mulo e, a tratti, ribelle. La sua vena polemica lo infastidiva non poco, così come era irritante l'attaccamento morboso verso i figli. Ma, a parte questo, era piena di attenzioni per lui e la sua malizia innata gliela rendeva quanto mai desiderabile. Si mostrava anche astuta quando fingeva di ignorare alcune sue sporadiche trasgressioni, sapendo che per lui la famiglia veniva prima di tutto.

Ma ora barcollava sotto il peso delle incertezze.

Durante la notte, nel silenzio sfibrante del corridoio d'ospedale, gli era sorto il sospetto che sua moglie fosse innamorata di un altro. La ragione gli suggeriva d'essere il solo uomo nella vita di Magìa, ma un tarlo snervante lo aveva precipitato nella disperazione. Immaginò che lei, che ormai da tempo manifestava segni d'insofferenza quando lui pretendeva di possederla ripetutamente, volendole dimostrare le sue straordinarie capacità amatorie, avesse incontrato un uomo più virile e se ne fosse innamorata. Tuttavia conosceva bene la sua onestà di fondo e quindi ne aveva dedotto che Magìa avesse scelto di morire per non tradire i valori del matrimonio.

Poiché la teneva sotto controllo, si era chiesto come avesse potuto incontrare un altro uomo senza che lui se ne accorgesse. Si era detto che le donne sono bravissime a dissimulare e chissà da quanto tempo durava quella storia e chissà chi era l'uomo in questione. Dunque era possibile che lei avesse deciso di darsi la morte, prima che lui, Paolo Pinazzi, scoprendo il tradimento, potesse eliminarla con le sue mani.

Che notte infame aveva trascorso! Poi, con le prime luci del mattino, quei brutti pensieri avevano perso consistenza e ora erano svaniti, perché si era persuaso che Magìa non aveva mai voluto morire, ma soltanto dormire. Mentre elaborava questa convinzione, un'infermiera, presa da compassione per quell'uomo che come un Cristo dolente aveva passato la notte fuori dalla stanza in cui giaceva la moglie, gli aveva consentito di entrare a vederla. Finì di bere il cappuccino. Era ora di chiamare casa, di parlare con i figli e la cognata.

Poi passò dagli uffici amministrativi a firmare la richiesta per una camera a pagamento.

Adesso Magìa era in una stanza confortevole, dotata di televisore, divano letto e bagno privato.

Era ancora intontita e bevve appena un sorso di tè, rifiutando i biscotti. Lo vide rientrare nella stanza e girò il viso dall'altra parte.

«Non vuoi vedermi?» le domandò, con aria afflitta.

«Infatti», disse lei.

Attribuì la risposta allo stato confusionale lasciato dai veleni non completamente smaltiti.

Si sedette sul divano e rimuginò le sue convinzioni sulla medicina che era una scienza, anche se non sempre esatta, mentre la psichiatria era imparentata con lo sciamanesimo e nessun individuo pensante poteva farvi ricorso. Era arrivato il momento di finirla con tutte quelle medicine che Magìa ingeriva come fossero caramelle.

Quando lei avesse lasciato l'ospedale, gli sarebbe toccato il compito ingrato di darle una bella strigliata per richiamarla alla realtà e ai suoi sacrosanti doveri di moglie e di madre. Niente più neurologo, né farmaci.

Si rialzò, le andò vicino, le prese una mano e la accarezzò.

«Come stai?» le domandò in un sussurro.

Lei liberò la mano da quella del marito e disse: «Voglio i miei bambini».

«I tuoi bambini, a quest'ora, sono a scuola», rispose lui.

«Chi li ha portati?»

«Tua sorella.»

«La Pina è qui?» domandò Magìa.

«Da ieri. Ho dovuto rivolgermi a lei che è corsa a Milano per occuparsi di loro, visto che io sono in ospedale da ieri a soffrire per te.»

«Voglio Luca e Sara», disse lei, con voce stanca.

«Tua sorella sta venendo a trovarti, ma dopo deve tornare a Rovatino. Io andrò a prenderli a scuola e li accompagnerò da te. Ti va bene così?»

Magìa annuì.

In quel momento, la sorella maggiore di Magìa, Pina, fece capolino nella camera e Paolo Pinazzi non riuscì a frenare un moto di stizza, perché non l'aspettava così presto. Non correva buon sangue tra lui e la cognata. In generale, non correva buon sangue con nessuno dei parenti e degli amici di sua moglie perché non riusciva a dimenticare quanto si fossero tutti adoperati per impedire a Magìa di sposarlo. Se fosse dipeso da loro, quella meraviglia di ragazza avrebbe dovuto sposare Luigi, lo squallido ragioniere con cui era fidanzata quando lui l'aveva conosciuta. Non si rendevano conto che, legandosi a Luigi, lei avrebbe avuto una vita mediocre, sarebbe andata a vivere nella villetta dei genitori di lui a Usmate Velate, con il dondolo di plastica sulla verandina, uno spelacchiato giardinetto con i sette nani di plastica e un piccolo robot, simile a una tartaruga, che andava su e giù nel praticello d'erba, regalandole l'illusione d'avere un prato all'inglese. Sposando Luigi, avrebbe lavorato per tutta la vita negli uffici della Coop, risparmiando euro su euro per arrivare alla fine del mese. Con lui, invece, Magìa aveva condotto una vita brillante: le vacanze invernali al *Suvretta House* di St. Moritz, agosto nella villa di Stintino in Sardegna, la scuola privata per i figli e l'immancabile gioiello esclusivo di Gerardo Sacco per ogni compleanno e ogni anniversario di matrimonio.

Ripensò a tutto questo mentre la cognata lo salutava con un laconico: «Ehi!»

«Entra, non mordo», l'invitò lui.

«Grazie per essere venuta», disse Magìa vedendo la sorella.

«Il tempo di salutarti poi devo mettermi in macchina per tornare a Rovatino», replicò Pina.

Magìa si rivolse al marito: «Vai a casa, per favore, e portami i bambini quando escono da scuola». Era un congedo.

Paolo non tollerava che lei gli desse ordini, ma per questa volta abbozzò, deciso a ristabilire il suo ruolo appena possibile. Andò via di malavoglia, anche perché non avrebbe potuto controllare le confidenze tra le due sorelle.

6

Le due sorelle non potevano essere più diverse. Mentre Magìa era bionda, alta e snella, Pina era bruna, tondeggiante e di statura media. L'una era solare, l'altra era severa.

Si sorrisero e si abbracciarono. Poi Magìa pianse.

«Che cosa mi combini?» bisbigliò Pina.

«Non aggredirmi. Sono così stanca!»

Pina sedette sul bordo del letto e le asciugò le lacrime.

Si frequentavano raramente da quando Magìa si era sposata, perché Paolo Pinazzi improvvisava diversivi ogni volta che lei decideva di andare a Rovatino, non accettando che la moglie intrattenesse rapporti con amici e parenti. Così lei era costretta a parlare con loro solo per telefono. Tuttavia i loro dialoghi restavano in superficie, come se nessuno osasse porre domande più coinvolgenti.

Ora Magìa s'informò: «I bambini ti hanno chiesto qualcosa?»

«Hanno voluto sapere soltanto quando torni a casa.»

«E basta?»

«Forse è meglio che non indaghino, non credi?» ragionò Pina.

«A te devo dire la verità. Stavo tanto male. Volevo addormentarmi e non svegliarmi più.»

«Sul giornale di oggi c'è un trafiletto su una giovane madre ricoverata in coma per aver ingerito una dose robusta di sonniferi. Comunque stai tranquilla, perché non fanno il tuo nome.»

«Oggi Paolo mi porta qui i bambini. Adesso solamente loro contano per me e sono determinata a salvarli dal padre. Se il destino ha voluto che io non morissi, mi suggerirà anche il modo migliore per uscire da questa situazione», disse Magìa e soggiunse: «L'ho sempre nascosto a tutti, ma è matto e ho capito che con lui non serve la forza, ci vuole l'astuzia. Dovrò riflettere e trovare una maniera per chiudere questa storia».

«Non credere che noi non sapessimo. Quello che hai taciuto, lo abbiamo sospettato e siamo pronti ad aiutarti. Comunque ho inventato una storia e ho detto alla mamma, al papà e a mio marito che ti hanno ricoverata d'urgenza per un'emorragia, che stamattina ti hanno fatto un raschiamento e adesso stai bene. Perdonami se non rimango più a lungo, ma devo tornare a Rovatino anche per tranquillizzarli, prima che la mamma si precipiti qui, povera donna.»

«Dovrei chiamarla?»

«Sarebbe meglio.»

«Lo farò più tardi», garantì osservando la sorella, cui aveva sempre invidiato la linearità del carattere, la solidità, la concretezza.

Pina si levò il cappotto, trascinò una sedia accanto al letto di Magìa, vi si sedette e le due donne stettero lì a guardarsi negli occhi.

«Ti ho mai confessato che ti ho sempre invidiata?» domandò Magìa. E proseguì: «Fin da quando eravamo bambine, tu non avevi dubbi, sapevi sempre cosa fare o dire. Io ti osservavo e tentavo inutilmente di imitarti. Tu eri concreta, io navigavo sulle nuvole. Perché siamo così diverse?»

«Ognuno è fatto a modo suo. Però qualche volta un atto di umiltà non guasterebbe, invece tu eri quella che sapeva tutto. Te l'avevamo ripetuto in mille modi che, sposando il Pinazzi, avresti avuto tanti problemi e molta infelicità.»

«Adesso basta, ti prego», sussurrò Magìa.

«D'accordo», convenne Pina, regalandole un sorriso di solidarietà.

«Comunque, avevate ragione», aggiunse Magìa. «Tu hai smesso di vivere da quando hai incontrato il Pinazzi e forse, d'ora in avanti, ricomincerai a respirare.»

«Ho passato quattordici anni a tremare per un niente, a fare lo slalom tra le parole per non irritarlo, a tacere per evitare le sue crisi di violenza che esplodevano e poi passavano con altrettanta rapidità. E la verità più incredibile in tutto questo è che lui è innamorato di me.»

«È innamorato di se stesso. C'è una bella differenza», precisò Pina.

Le due sorelle stavano ancora confidandosi quando suonò il cellulare di Magìa. Era il marito.

«Come stai, amore mio?» esordì.

«Sto bene. E tu?» gli domandò, decisa a non tradire le sue emozioni.

«Io sono distrutto. Ernesta è salita a portarmi da mangiare. Dopo accompagno lì i bambini, ma tu devi giurarmi che tornerai presto a casa, perché io ho bisogno di te come ho bisogno dell'aria per respirare.»

In quel momento Magìa si rese conto che, per consentire al marito di respirare, lei aveva trascorso gli ultimi quattordici anni in apnea e solo in quel momento aveva tirato fuori la testa dall'acqua e finalmente respirava a pieni polmoni.

«Va bene. Vi aspetto.» e chiuse la comunicazione.

Poi sorrise a sua sorella e le spiegò: «Sono stata sincera con Paolo. Io sto davvero bene, adesso».

Accarezzò il viso stanco di Pina, e le chiese

notizie del piccolo Bed and Breakfast che aveva aperto con il marito a Rovatino sobbarcandosi un mutuo oneroso.

In quel momento ricordò l'aria di superiorità del Pinazzi quando la sorella e il cognato stavano ristrutturando un'antica costruzione nel loro borgo destinata a diventare un albergo. Lui aveva detto: «Ma che cosa si sono messi in testa tua sorella e tuo cognato? Credono davvero che quei quattro sassi di Rovatino, quei ruderi di stalle puzzolenti, quei vicoli sconnessi e l'*Osteria del Gobbo* siano i resti di Pompei?»

Lei era così abituata a non mettere in discussione le opinioni del marito, che non gli aveva risposto. Ma a smentire Paolo, la Soprintendenza per i Beni Architettonici e Paesaggistici era approdata nel loro paesino di montagna per fare rilievi topografici, scavare, fotografare e alla fine aveva concluso che Rovatino sarebbe diventata Patrimonio dell'Umanità.

«Tu, così concreta, sei stata capace di coltivare un sogno fantastico. Altro che le calzolerie del Pinazzi, con le sue scarpe firmate», constatò Magìa.

«Smettila, altrimenti mi monto la testa», scherzò la sorella.

«A te non capiterà mai. Adesso, però, fammi il piacere di tornartene a casa. Non voglio saperti per strada con il buio e la nebbia.»

«Tranquilla. Ti chiamo appena arrivo», le promise, infilandosi il cappotto. E disse ancora: «Tu, però, telefona alla mamma e tranquillizzala».

«Lo faccio.»

«Torno a trovarti presto.»

«Non serve. Natale sarà tra pochi giorni e quest'anno ti garantisco che io e i bambini verremo in montagna da voi.»

«Magari!» esclamò la sorella abbracciandola.

7

Case di pietra addossate le une alle altre, con finestrelle piccole e balconi di legno cui venivano appese pannocchie, mazzi di lavanda e erbe aromatiche a essiccare, uno slargo pomposamente chiamato piazza, che aveva al centro una fontana di pietra con l'acqua che usciva da un cannello di rame venendo direttamente dalla sorgente più a monte. Anticamente era un abbeveratoio per le bestie. Era questo Rovatino di Sopra e non era cambiato nulla dal lontano Medioevo. Solo la chiesetta dedicata alla Madonna del Sasso, cent'anni prima, era stata intonacata fuori e dentro, ma era sempre chiusa e si apriva soltanto la domenica, quando da Rovatino di Sotto saliva il prete a dire la Messa. C'era anche un'osteria con l'insegna di ferro battuto che nei giorni di vento oscillava cigolando. Aveva una scritta: OSTERIA DEL GOBBO, in memoria dell'oste che l'aveva aperta chissà in quale epoca remota.

Quando Magìa era piccola, il locale vendeva Oransoda, Lemonsoda e Coca-Cola. D'estate anche gelato alla vaniglia e alla nocciola. C'erano tante piante di nocciole nei boschi. I bambini le raccoglievano e la sera si mettevano in cerchio sulla piazza, le sgusciavano e poi la domenica andavano a venderle a Rovatino di Sotto. Lo facevano anche Magìa e Pina e consegnavano il ricavato alla mamma. Una volta, con quel denaro, la mamma comperò le tendine nuove di pizzo bianco da appendere ai vetri delle finestre.

Di giorno il borgo si svuotava, perché uomini e donne scendevano a valle a lavorare. Restavano solamente i vecchi e i bambini che d'estate sedevano sul muretto davanti alla fontana, e d'inverno stavano nelle cucine riscaldate dalle stufe a cherosene, che avevano sostituito i camini a legna.

Il signor Bombonati aveva un'officina di lattoniere e, con l'aiuto di un garzone, riparava le carrozzerie delle auto. La signora Bombonati era cassiera nell'ipermercato della Coop, Magìa e Pina andavano alla scuola comunale e risalivano a Rovatino la sera, accompagnate dal papà. Nel loro borgo c'era una minuscola scuola materna, per i più piccoli, e l'*Osteria del Gobbo* per gli anziani che vi sostavano a lungo giocando a carte e raccontandosi antiche storie, sempre le stesse.

Poi erano giunti i turisti a visitare quel borgo arrivato intatto dal Medioevo, e segnalato dalle guide. Il padrone dell'osteria faceva affari offrendo lepre in salmì con la polenta, pollo ruspante con funghi e polenta, salamelle alla brace con polenta, polenta taragna al burro e formaggio. Perfino la «torta rustica» era fatta con la farina di polenta.

Dopo aver conseguito un diploma in ragioneria, Magìa era stata assunta come contabile dalla Coop. Era brava e quel lavoro le piaceva. Sua sorella Pina, che aveva quattro anni più di lei, curava la parte amministrativa di un grande albergo a Bellagio. Aveva simpatizzato con il giovane maître del ristorante e senza perdere tempo lo aveva sposato. Subito dopo, mettendo insieme i loro risparmi, la coppia aveva acceso un mutuo per l'acquisto di una casa, la più grande di Rovatino, che dava sulla piazza della fontana ed era disabitata da oltre trent'anni, ricavandone un suggestivo Bed and Breakfast. Pina e il marito avevano faticosamente realizzato un sogno che si stava rivelando un ottimo investimento. Magìa, nel frattempo, si era legata a Luigi, un collega d'ufficio. La sua non era una passione travolgente, ma poiché i Bombonati e i genitori di Luigi approvavano questo legame, lei vi si era adeguata continuando a sognare una casa in città, magari in un condominio con piscina, le vacanze in Versilia in estate e al Sestrière d'inverno.

Luigi sorrideva benevolmente di questi sogni e replicava: «Smettila di fantasticare. Non saremo mai ricchi. La nostra casa sarà la villetta dei miei a Usmate Velate. Ci andrà alla grande se il sabato sera potremo andare in pizzeria e se potremo permetterci due settimane di vacanza a Cesenatico d'estate e una settimana bianca a Foppolo, con il cral aziendale, d'inverno».

«Come sei prosaico. So bene che i miei sono soltanto sogni, ma rivendico il diritto di sognare», ribatteva lei.

Magìa aveva alcune care amiche, nate e cresciute come lei a Rovatino. C'era Rosa, commessa alla *Casa del Sapone* a Rovatino di Sotto, Divina, impiegata in un negozio di telefonia a Lecco, Aldina, operaia in una ditta di biancheria intima.

Rosa si era sposata con un giostraio e adesso girava l'Italia avendo un carrozzone come casa. Era una ragazza felice. Quando tornava nel borgo, raccontava della sua vita errabonda e del marito che era un uomo dolcissimo e ricco d'allegria. Allora Magìa sospirava, con aria sognante: «Magari mi fossi innamorata anch'io di un giostraio! Mamma, li senti anche tu i racconti di Rosa. Sono così belli! Invece a me è toccato quel posapiano di Luigi. Comunque gli voglio bene», concludeva.

La madre replicava: «Tu sei una brava ragazza, ma lo saresti ancora di più se ti decidessi a diventare adulta. Che cosa ti manca? Niente! Sei una brava ragioniera, hai un lavoro sicuro in un'azienda sicura, un fidanzato che ti ama e i suoi genitori ti vogliono bene. Vieni giù dalle nuvole, per favore».

Una volta al mese, la domenica mattina, Magìa scendeva con suo padre a Rovatino di Sotto e mentre lui riordinava e spazzava l'officina, lei si isolava nel «gabbiotto» a vetri che fungeva da ufficio per contabilizzare le fatture dei fornitori e dei clienti. La Guardia di Finanza era sempre in agguato, pronta a cogliere in fallo bottegai e piccoli artigiani e il Bombonati, che temeva le sanzioni, sapeva che non bastava essere contribuenti onesti, ma occorreva poterlo dimostrare. Così si affidava alla competenza della figlia.

Capitò che, in una chiara domenica di primavera, qualcuno bussasse alla saracinesca dell'officina.

«Siamo chiusi», urlò il Bombonati, continuando a lavorare di ramazza.

«Lo vedo, ma ci siete e io avrei bisogno di un rapidissimo favore», replicò da fuori una voce maschile.

Il carrozziere sollevò a metà la saracinesca e disse: «Venga dentro».

Magìa alzò lo sguardo dalla scrivania e, attraverso il vetro del piccolo ufficio, scorse un tipo che subito definì un «bellissimo tenebroso».

Lo sentì spiegare al padre: «Sto andando in Svizzera. Una macchina che veniva in senso opposto ha sollevato e scagliato un sasso contro il fanale sinistro della mia auto. Sono sceso e ho visto che mi ha rotto il vetro e la lampadina del fanale. Dopo Chiasso ci sono i tunnel. Come faccio senza...»

Il Bombonati lo interruppe.

«Lei ha sbagliato indirizzo. Io non sono un elettrauto», dichiarò.

Magìa fissava ipnotizzata quel fantastico ragazzo in jeans e giubbotto di pelle, una selva di capelli neri e ricci che gli accarezzavano la nuca, gli occhi grandi, fondi, le sopracciglia folte, il naso aquilino.

«L'ho letto sull'insegna che questa è una carrozzeria, ma l'elettrauto all'ingresso del paese è chiuso. È sicuro di non potermi aiutare? Lo sa anche lei com'è severa la polizia svizzera», insistette il giovane.

«Faccia vedere», si rassegnò il Bombonati,

uscendo dall'officina. Davanti all'ingresso era parcheggiato un suv.

Magìa sgusciò fuori dal gabbiotto, vide la grossa vettura e notò anche una ragazza molto appariscente che sedeva accanto al posto di guida. Stava ascoltando musica in cuffia e si dimenava sul sedile al ritmo delle note, totalmente estraniata da quello che le accadeva intorno. Una vera oca, pensò.

Si accostò al padre e bisbigliò: «Credo che tra i pezzi di ricambio ci siano quelle lampadine che avevi recuperato...»

«Ci stavo pensando anch'io», replicò suo padre.

Il bel tenebroso aveva sgranato su di lei i suoi occhi di seta.

8

Mentre la ragazza sulla grossa vettura continuava ad ascoltare la musica in cuffia e il Bombonati si chinava a svitare il fanale rotto, Magìa avvertì sulla pelle lo sguardo intenso del giovane ed ebbe quasi un sobbalzo quando lui, in un sussurro, le disse: «Sei vera o sei soltanto una visione?»

«Sono Magìa», rispose lei, avvampando.

«Ho capito bene? Sei il frutto di una magìa?» scherzò lui.

Poi, avendo notato che il carrozziere lo guardava severo, osservò sorridendo: «Sono capitato nel paese dei maghi?»

«Vuole che le trovi una lampadina o ha intenzione di fare lo spiritoso con mia figlia?» replicò l'uomo irritato.

«Mi scusi, ma è stata lei a dirmi che si chiama Magìa», si giustificò il ragazzo.

«Vai a cercare le lampadine», ordinò il Bombonati alla figlia e mentre lei, ubbidiente, rientrava in officina, sgombrò il campo da ogni equivoco, sibilando: «Mia figlia si chiama proprio così, è fidanzata e tra non molto si sposerà. Lei badi alla sua fidanzata che siede in macchina».

Il sole pieno del mattino irruppe nella via e inondò anche la facciata di quel brutto edificio degli anni Sessanta che ospitava la carrozzeria: là dentro il sole tardava a penetrare e, vista da fuori, dava l'idea di un antro delle streghe. Il Bombonati vi si dileguò.

Intanto la ragazza a bordo del suv si era levata le cuffie e, riprendendo contatto con il mondo, urlò dal finestrino: «Allora, a che punto siamo?»

Nell'officina, Magìa aveva trovato le lampadine e le tese al padre che le ingiunse: «Torna a fare il tuo lavoro. A quel cretino lì fuori ci penso io».

Tra le lampade recuperate, il carrozziere riuscì

ad adattarne una e disse al giovane: «Per ora funziona, ma non garantisco che tenga».

«Grazie. Quanto le devo?» domandò lui.

«Niente», brontolò l'uomo. Si infilò nell'officina e riabbassò di scatto la saracinesca.

Magìa era tornata nel gabbiotto e aveva ripreso a lavorare; il padre, armato di scopa e paletta, raccolse la limatura del ferro brontolando tra sé, perché lo aveva infastidito lo sguardo trasognato della figlia per quella specie di playboy che, per fortuna, era ripartito sgommando.

Quel giorno Magìa fu insolitamente silenziosa, sia durante il pranzo in famiglia, sia con Luigi quando venne a prenderla per portarla a casa dei suoi genitori.

Magìa sorseggiò il caffè con il fidanzato e i futuri suoceri che, come ogni domenica, la aspettavano per scambiare due parole, prima di uscire per lasciare ai due giovani la loro intimità.

Luigi e Magìa facevano l'amore da oltre un anno. I genitori di lei e di lui fingevano di non sapere e loro due fingevano di credere che non lo sapessero.

Onestamente, Magìa non traeva un piacere particolare da questi amplessi e ne avrebbe fatto a meno. Del resto, tutto quello che Magìa sapeva sui rapporti sessuali veniva dalla lettura di alcune rubriche tenute da esperti in materia sui settimanali femminili e si era convinta che scrivessero solo panzane, come panzane erano le scene erotiche proposte dal cinema e descritte nei romanzi.

Ricordava che sua madre ripeteva da sempre: «Gli uomini, per carità! Capaci solo di fare i loro comodi ogni volta che ne hanno voglia e dopo ti girano le spalle per dormire». Probabilmente la mamma aveva ragione.

Quando aveva rivisto Rosa, l'amica d'infanzia sposata al giostraio, le aveva domandato: «Com'è fare l'amore con tuo marito?»

La giovane moglie aveva risposto: «Be', lui è molto affettuoso, ma sono altre le cose che mi intrigano». E si era addentrata nel racconto minuzioso dei rapporti tra le famiglie dei girovaghi, delle storie d'amore palesi o nascoste che fiorivano all'interno della loro comunità, dell'allegria di certi momenti e delle liti di altri momenti, delle difficoltà economiche e dei periodi d'abbondanza.

«Rosa, non svicolare. Ti sto chiedendo, da amica, se ti piace fare sesso con tuo marito», aveva insistito Magìa.

«Vuoi la verità? Piace di più a lui che a me. Ma è normale, non credi?» aveva ragionato Rosa.

Magìa aveva preso nota di quella ammissione e si era sentita quasi rassicurata, perché capitava anche a lei la stessa cosa con Luigi. Alla fine aveva dato per scontato che il rapporto con un uomo dovesse essere lo scotto da pagare per un'equilibrata vita di coppia. Anche quella domenica lasciò che il fidanzato si agitasse su di lei, senza preoccuparsi di fingere svenevolezze da romanzo.

La sera, mentre la riaccompagnava a casa, Luigi le domandò: «Che cosa stai covando?»

«Eh?» domandò Magìa, che aveva la mente altrove.

«O covi un rancore o covi un malanno. Praticamente, non hai parlato per tutto il giorno e non è da te.»

«Davvero?» si meravigliò lei. E si rese conto

d'aver pensato per tutto il tempo al bel tenebroso e di essersi domandata come sarebbe stato fare l'amore con lui.

Non fu contenta di elaborare quella fantasia che le stava creando un vago turbamento.

«Già», affermò Luigi, guardandola con sospetto.

«Forse sto davvero covando un malanno», rispose lei.

«Allora mi fermo a cena dai tuoi, ma dopo è meglio se rinunciamo al cinema. Devi andare a letto presto, stasera», dichiarò lui.

Magìa fu felice di quella decisione, perché non vedeva l'ora di isolarsi nella sua stanza, infilarsi nel letto e, nel silenzio, evocare i contorni di un nuovo sogno che, questa volta, aveva come protagonista il bel tenebroso.

Infatti, dopo cena, andò subito a letto e iniziò a giocare con la fantasia.

Immaginò che, la domenica successiva, il bellissimo giovane che aveva chiesto aiuto a suo padre tornasse a bussare alla saracinesca della carrozzeria. Naturalmente lei non ci sarebbe stata, ma il padre, invece, sì.

«Un altro sasso le ha rotto un fanale?» avrebbe domandato il Bombonati. E avrebbe visto che il ragazzo teneva in mano un bel mazzo di rose rosse.

«Signore, sono innamorato di Magìa e le chiedo l'onore di poterla rivedere», avrebbe esordito lui.

«Ma se ne vada!» avrebbe urlato suo padre, riabbassandogli subito la saracinesca in faccia.

Quel cavaliere senza macchia e senza paura non si sarebbe dato per vinto. Si sarebbe aggirato per Rovatino di Sotto cercandola e, alla fine, avrebbe ottenuto l'indirizzo di casa Bombonati a Rovatino di Sopra, per offrirle i fiori.

La domenica mattina, la mamma e la nonna andavano a messa nella chiesetta della Madonna del Sasso.

Dopo la funzione, le due donne si sarebbero trattenute nel minuscolo chiostro addossato a uno spuntone di roccia della montagna, un sasso appunto, a parlare con le vicine, mentre lei era a casa a ripulire di fino la sua stanza. A un certo punto si sarebbe affacciata alla finestra per scuotere lo straccio della polvere e avrebbe visto il principe dei suoi sogni risalire il vicolo tenendo in mano i fiori per lei. Quello era il momento più emozionante del sogno che la indusse a sorridere di piacere.

Poi si addormentò e, il mattino seguente, riprese la vita di sempre, fino a sera, quando tornò a chiudersi nella sua camera e ricominciò il sogno che, di giorno in giorno, si arricchiva di nuovi sviluppi. Immaginò di precipitarsi fuori di casa per correre incontro al bel tenebroso che l'abbracciava e la baciava a lungo, appassionatamente.

Dopo, mano nella mano, si sarebbero avviati insieme su per la montagna, penetrando nel fitto del bosco, dove c'era una capanna di legno che sapeva di resina e muschio. Un tappeto d'erba e di fiori profumati sarebbe stato il letto su cui consumare la loro passione e, finalmente, lei avrebbe capito che il piacere raccontato nei film e nei romanzi esisteva davvero.

«Vuoi dirmi che cosa ti sta succedendo?» le domandò sua madre una mattina, mentre scendevano in paese per andare al lavoro.

«Magari mi succedesse qualcosa», sospirò lei, con uno sguardo sognante.

La domenica, dopo sei notti di fantasie sfrenate, mentre scuoteva dalla finestra lo straccio della polvere, vide il bel tenebroso risalire il vicolo. Era in maniche di camicia. Con una mano reggeva la giacca buttata su una spalla, nell'altra teneva un mazzo di fiori bianchi, gialli e blu.

«Che sia diventata matta?» s'interrogò a fior di labbra.

Lui alzò il viso verso la finestra, la vide e, ridendo, gridò: «Finalmente ti ho ritrovata!»

9

Magìa richiuse velocemente la finestra e, con il cuore in tumulto, si precipitò al piano di sotto.

Il portoncino di legno, come quello delle altre case, era spalancato. Lei lo varcò e si trovò di fronte l'uomo dei suoi sogni.

«Non mi fai entrare?» domandò lui.

«Tu non lo sai, ma ci sono almeno venti paia di occhi che ti seguono da quando sei entrato in paese e adesso stanno spiando te e me per vedere che cosa succede», disse lei, sottovoce.

«E allora?» domandò il giovane con un tono di sfida.

«Il paese è piccolo e la gente ama occuparsi dei fatti altrui», spiegò Magìa.

«E allora?» ripeté, con l'aria di chi sta perdendo la pazienza.

Com'era bello, pensò lei e, nel guardarlo, avvertì un brivido di piacere.

«Allora aspettano un passo falso tuo o mio per cominciare a fare pettegolezzi», continuò, sorridendo di gioia.

«La notizia mi sconvolge», ironizzò lui e proseguì: «Quindi sarebbe il caso di entrare da te, oppure andare a fare una passeggiata. Mi ci sono volute due ore per rintracciarti, vorrei almeno riuscire a parlarti e a consegnarti questi fiori che ho scelto a uno a uno, perché ogni colore ti dicesse quello che ho sentito per te quando ti ho vista la scorsa domenica e, anche dopo, quando ti ho pensata».

Quel tipo così virile e romantico le piaceva da impazzire.

«Sono bellissimi. Grazie.» Allungò una mano e si impadronì del mazzo, affondò il viso nelle corolle di tante sfumature, ne aspirò il profumo e, mentre lui stava per parlare, gli disse: «Non so nemmeno come ti chiami».

Lui sorrise, sbuffò spazientito e brontolò: «Non

ho un nome magico come il tuo. Mi chiamo Paolo. E adesso ti decidi a venire con me?»

«È un nome bellissimo», sussurrò con aria sognante e soggiunse: «Tra un po' i miei tornano a casa. Nel pomeriggio devo stare con il mio fidanzato, ma ti do il numero del mio cellulare. Imparalo a memoria, chiamami quando vuoi e farò in modo di riuscire a vederti».

Subito dopo si ritrasse dalla soglia e chiuse il portoncino.

Lui restò lì un istante come stordito, poi picchiò un pugno contro una pietra del muro e si allontanò.

La mamma e la nonna rientrarono per prime dalla messa e sapevano già tutto. Le vicine di casa avevano spiato l'incontro dei due giovani e avevano provveduto a diffondere la notizia.

«Hai niente da dirmi?» le domandò Ersilia, sua madre.

La nonna esclamò: «Qui la faccenda si complica». E indicò i fiori che Magìa aveva già messo in un vaso e collocato al centro della credenza in cucina.

«Sei sulla bocca di tutti. Forse è meglio se parli», la incalzò la madre.

In quel momento risalì dal paese anche il padre. Avvertì subito la tensione delle tre donne e domandò: «Che cosa è successo?»

Notò il mazzo di fiori e constatò: «Quella specie di avventuriero pieno di boria è arrivato fin qui».

«Ve lo avrei già detto, se non mi fossi sentita sotto processo per qualcosa di male che non ho fatto», replicò Magìa, tutto d'un fiato, guardando i suoi con aria di sfida.

La nonna si era seduta sul suo scranno impagliato, accanto alla finestra, e taceva, mentre Ersilia, diceva al marito: «Allora sai qualcosa che io non so».

«Tu cosa sai?»

«Quello che mi hanno riferito Marietta e Flaminia appena abbiamo messo piede fuori dalla chiesa: che un giovanotto di città è arrivato fin quassù con un gran macchinone scuro, l'ha posteggiato sul piazzale, è entrato nel borgo e ha chiesto dove abitava Magìa», spiegò sua moglie.

«Proprio così», confermò la nonna.

Il Bombonati la informò dell'incontro con il giovanotto capitato in officina la domenica precedente e della visita di poche ore prima, quando il tizio era tornato lì per chiedere notizie della sua «bambina».

La «bambina», come continuava a chiamarla suo padre per distinguerla da Pina, la sorella maggiore, strillò: «Adesso prendo i miei fiori e me li porto nella mia stanza». Afferrò il vaso con entrambe le mani e, mentre usciva dalla cucina, aggiunse: «Si chiama Paolo, mi piace tanto e non voglio sapere se è ricco o è povero; lasciatemi coltivare i miei sogni, per favore».

Il padre, la madre e la nonna si guardarono smarriti.

«Che tipo è?» domandò Ersilia al marito.

«Flaminia ha detto che è un gran bel giovane», intervenne la nonna.

«Quello che penso di lui ve l'ho già detto e credo sia meglio troncare questa storia sul nascere», insistette il Bombonati.

«Forse è un bravo giovane», bisbigliò la nonna.

«Magìa ha già un fidanzato che conosciamo

bene, che è un bravo ragazzo, uno di noi, insomma, e non le darà mai dei dispiaceri», sottolineò.

Il Bombonati aprì lo sportello della credenza, prese una bottiglia e si versò un bicchiere di vino rosso.

Sua moglie fu svelta a sottrarglielo.

«Adesso cominci a bere prima ancora di mangiare?» lo sfidò.

«Sono nervoso e ne ho bisogno», si giustificò il marito. «Tu, piuttosto, preoccupati di tenere sotto controllo la bambina, perché quell'uomo lì non mi piace neanche un po'», soggiunse e trangugiò il vino.

«Adesso capisco perché da giorni è svagata, la sera non esce più col Luigi e si chiude nella sua stanza», commentò Ersilia.

«Ormai è tardi per metterle la corda al collo», ragionò la nonna.

«Chiama Pina e senti se sa qualcosa», suggerì l'uomo alla moglie.

Ersilia sedette al tavolo, si prese il viso tra le mani, emise un lungo respiro e poi sussurrò: «Forse stiamo esagerando. Comunque Pina non sa niente, altrimenti mi avrebbe detto qualcosa. E in ogni caso, dopo mangiato, Luigi viene a prenderla e vedrete che tutto si aggiusta».

In quel momento Magìa sgattaiolò fuori dalla sua camera, salì nel solaio, aprì il lucernario, si affacciò sul tetto, controllò che il suo cellulare avesse campo e chiamò il fidanzato.

«Oggi è meglio che non ci vediamo», gli comunicò.

«Perché?» domandò lui.

Magìa annaspò in cerca di un pretesto e rispose con una banalità che aveva letto sulle cronache rosa dei settimanali: «Ho bisogno di una pausa di riflessione».

10

Passò una settimana e Magìa acquisì una certezza e una pena: la certezza fu quella di aver fatto bene a lasciare Luigi, perché non era mai stata innamorata di lui, la pena le venne dall'ansia dell'attesa di una telefonata di Paolo che non si era ancora fatto sentire.

Luigi la incontrò in ufficio e le disse: «La mia mamma ha pianto e anche mio padre è amareggiato per la tua decisione di rompere il fidanzamento, perché è questo che hai deciso, vero?»

«L'hai capito!» replicò Magìa.

«Io credo che tu sia stata onesta. Però ci soffro un po' anch'io, perché mi piaci tanto. Dovrò trovarmi un'altra morosa, ma stavolta sarà una più concreta di te.»

«Amici?» gli domandò lei.

«Amici», rispose lui, un po' controvoglia.

Lei, che lo conosceva bene, sapeva chi sarebbe stata la nuova fidanzata e futura moglie garantita: Violetta Cereda, amica di entrambi e segretamente innamorata di lui. Invece i Bombonati si infuriarono e il carrozziere tuonò: «Tu sei partita in quarta per quel pallone gonfiato che si è messo a fare il cascamorto con te. Io riconosco un cliente alla prima occhiata e quel tizio che è arrivato fin qui a portarti i fiori non è un individuo affidabile. Senza contare il genere di donne che frequenta. Ho ben visto la tipa che era in macchina con lui. Per quanto mi riguarda, quello può rimorchiare tutte le sciacquette che vuole, ma non mia figlia, che non è pane per i suoi denti».

«Ma se neanche lo conosci», protestò Magìa, che stava per piangere.

La signora Bombonati non aveva dubbi sulle capacità di giudizio del marito, ma il suo lato romantico era stato colpito dai bellissimi fiori che il giovanotto aveva offerto alla figlia. Luigi non aveva mai regalato fiori alla sua Magìa. Così, per quanto debolmente, tenne le parti della figlia e convenne: «Noi non lo conosciamo. Potrebbe essere un bravo ragazzo e magari anche ricco, il che non guasta».

Anche la nonna si sentì in dovere di intervenire.

«Prima di dargli addosso, stiamo a vedere che cosa succede.»

Il Bombonati rimpianse di non aver accanto a sé la figlia maggiore che, ne era certo, gli avrebbe dato manforte. Tuttavia non arretrò di un passo.

«Se è ricco, non sappiamo come ha fatto i soldi. Quanto al resto, non ha lo sguardo limpido. Quindi, da adesso, voi due siete chiamate in causa per sorvegliare questa scema, perché ormai ho deciso: quello non deve più avvicinare mia figlia e, tanto per cominciare, il suo telefonino è requisito e lo prendi in consegna tu», ingiunse alla moglie.

Magìa assisteva a quella sfuriata senza replicare, ma sua madre ebbe un sussulto di ribellione.

«Ti ricordo che la bambina è maggiorenne, lavora, si guadagna da vivere e non ti permetto di privarla della sua dignità. Magìa è una brava ragazza con la testa sulle spalle, anche se qualche volta la fa volare tra le nuvole. Lei farà quello che vorrà, assumendosene ogni responsabilità. Sono stata chiara?»

Quando la madre si rivolgeva al marito parlando in italiano, invece che nel dialetto aspro della montagna, il Bombonati si calmava all'istante. Tant'è che sorrise, allungò la mano ad accarezzare il viso della figlia e, con dolcezza, le disse: «Ha ragione la tua mamma. Ho passato il segno e ti prego di scusarmi. Però quel tipo non mi piace e spero tanto che tu non faccia una sciocchezza, perché potresti pentirtene per il resto dei tuoi giorni».

Magìa respirò di sollievo, ma subito dopo ricadde nell'ansia, perché i giorni passavano e Paolo non chiamava. La telefonata arrivò finalmente la domenica mattina.

«Se vengo da te, ti barrichi di nuovo in casa?» esordì Paolo.

«Dipende», ribatté lei.

«Da cosa?»

«Per esempio, non so ancora perché tu mi venga a cercare», rispose.

«Perché mi hai fatto una magia. Secondo me, sei una strega.»

Lei finse un'irritazione che non sentiva: «Allora non venire, perché non ho niente da dire a uno che pensa che io sia una strega».

«Credevo di lusingarti.»

«Hai creduto male e, comunque, non sei autorizzato a sapere che cosa mi lusinga e che cosa mi irrita.»

«Scusami, Magìa. Mi rendo conto che sei una fantastica bionda molto frizzante e questo mi intriga ancora di più. Allora devo dirti che mi piaci da impazzire.»

«Ecco, questo mi lusinga. Tuttavia, ricordati che ho un fidanzato.»

«Anch'io ho una fidanzata. O, meglio, ce l'avevo fino a due settimane fa. Ho chiuso con lei dopo averti incontrata, perché non reggeva il tuo confronto. Sei fantastica, Magìa.»

Lei avrebbe voluto replicare: «Sono così fantastica, che hai lasciato passare una settimana prima di farti vivo», invece disse: «Non è il caso che ti esalti tanto. Io sono una ragazza come tante, anche se qualche volta mi piace volare con la fantasia».

Lui rise di gusto e precisò: «Mi sembra inevitabile, per chi vive in un posto dimenticato da Dio, abbandonarsi al sogno».

A lei dispiacque il disprezzo per il suo borgo, perché un estraneo non aveva il diritto di criticarlo. Tacque perplessa e Paolo proseguì: «Io posso farti conoscere i luoghi più incantevoli del mondo, perché amo viaggiare e vorrei tanto averti con me».

Aveva espresso il suo desiderio con una voce così suadente da darle un brivido. Ora le parve più accettabile il giudizio negativo sul suo borgo. Si disse che Paolo aveva ragione, e già immaginava di trovarsi in posti lontani e fantastici accanto a lui.

«Ma non potrai avermi con te, perché non vado in giro con uno sconosciuto», civettò.

«Smetterò di esserlo molto presto, è una promessa. Intanto ti dico che vivo a Milano, dove posseggo alcune belle calzolerie nei quartieri alti, e lavoro onestamente. Quindi, adesso parto e vengo da te.»

«Ti informo subito che tu non piaci al mio papà», lo avvertì.

«Ma io non voglio piacere a tuo padre, voglio piacere a te. Ti sfido a dirmi che non ti piaccio.»

«Mi piaci, eccome!» si lasciò sfuggire.

«Lo sapevo. Allora mi presento ai tuoi genitori e chiedo l'onore di fidanzarmi con te», replicò lui esprimendosi come un innamorato di stampo antico.

Magìa rimase senza fiato, perché non si aspettava questa proposta. Il piglio virile dell'uomo sicuro di sé la catturò definitivamente.

«Devo lasciarti, perché mia madre mi sta chiamando», lo avvisò.

«Che cosa vuole? Non sei libera di stare al telefono con un uomo animato da serie intenzioni?»

«Aiuto! Mi sento come travolta da una valanga. Io sono una di montagna e ho il passo lento.»

«Io sono un uomo di pianura e ho il passo veloce. Imparerai a starmi dietro.»

La famiglia Bombonati stava per sedersi a tavola. La mamma e la nonna avevano preparato il menu domenicale che iniziava con l'antipasto di affettati e si concludeva con la macedonia di frutta. Paolo bussò alla porta e, al Bombonati che era andato ad aprire, disse: «Buongiorno. Mi chiamo Paolo Pinazzi. Chiedo scusa per il fatto di presentarmi senza preavviso. Desidero chiederle se posso vedere Magìa e le garantisco che le mie intenzioni sono le migliori».

«Per lei o per mia figlia?» domandò l'uomo, guardandolo preoccupato.

«Per tutti e due, spero», rispose Paolo Pinazzi.

11

La signora Bombonati, data l'ora, si sentì in dovere di invitare alla loro tavola il bel tenebroso e lui accettò senza farsi pregare. Quel giorno c'erano anche Pina e suo marito. Ersilia, come sempre, aveva cucinato i prodotti acquistati alla Coop con i buoni sconto per i dipendenti: ravioli conditi con burro fuso e parmigiano, rotolo di vitello con patate arrosto e, per finire, macedonia di frutta con una pallina di gelato. Unico lusso, un'eccellente Barbera d'Asti della Cascina Castlet che le donne bevevano allungata con l'acqua.

Più che mangiare, Paolo assaggiò il cibo che gli venne offerto e, controvoglia, disse qualcosa di sé.

Aveva ventotto anni, era originario di Ferrara,

sua madre era impiegata all'anagrafe comunale, suo padre era morto da qualche anno. Aveva una sorella maggiore che aveva sposato un rivenditore di auto usate e vivevano a Sesto San Giovanni.

«Quanto a me, finito l'Istituto tecnico, sono venuto a Milano a occuparmi di una bella calzoleria che all'epoca era di Guarlini, in piazza San Babila. L'aveva acquistata mio padre un anno prima di morire. Le ho dato il mio nome e, nel giro di pochi anni, ne ho rilevate altre due, una in via Montenapoleone e la terza in via Vincenzo Monti. Vendo calzature di lusso, tutte rigorosamente lavorate a mano. Per le scarpe da uomo mi rifornisco in Inghilterra. Gli affari vanno molto bene. Adesso ho deciso di chiudere con la vita da scapolo», disse. Poi precisò: «Ho preso questa decisione dopo aver incontrato Magìa».

«Questo significa parlar chiaro», sussurrò la signora Bombonati.

«In che zona di Milano abiti?» domandò Magìa.

«Ho un piccolo appartamento in via Bronzino. Se dovessi sposarmi, ne acquisterei uno più grande per poter offrire a mia moglie una casa spaziosa e accogliente, perché lei sarà la regina della mia vita», dichiarò, regalandole un sorriso.

«Signor Pinazzi, la sua futura moglie potrebbe avere un lavoro e volerlo conservare», intervenne Pina che fin lì aveva ascoltato, senza mai intervenire.

«Dovendo occuparsi di me e della parte amministrativa delle calzolerie, non avrà il tempo per fare altro, considerando anche il fatto che a me piace viaggiare e voglio che mia moglie possa conoscere il mondo con me.»

Nessuno fece commenti e Paolo, rifiutando il caffè, chiese di poter trascorrere il pomeriggio a Milano con Magìa. Sembrava avere una gran fretta di andarsene.

A quel punto, Magìa era cotta a puntino. Mentre si preparava per uscire, sua sorella la prese da parte e le sussurrò: «A me questo Pinazzi non piace. Ha l'aria di un bambino prepotente e capriccioso».

«Per me ha solo l'aria d'essere un uomo fantastico e io sento di aver vinto un terno al lotto», replicò lei, stizzita.

Paolo non l'aveva neppure sfiorata e lei già immaginava un Eden di piacere soltanto guardando i suoi occhi di velluto. Lo voleva con tutta se stessa, indipendentemente dal fatto che le facesse fare il giro del mondo. Montò sul suv, accanto a lui, che partì sgommando, mentre le diceva: «Sono combattuto tra il bisogno di andare a mangiare un pasto decente e quello di prenderti fra le braccia».

Ci rimase un po' male e domandò: «Per questo hai mangiato così poco?»

«Già, ma anche perché mi sentivo sotto esame e non mi sono mai trovato prima d'ora in questa situazione. E, infine, vorrei baciarti, stringerti a me, sentire il tuo profumo. Quindi, prima ci allontaniamo da qui e meglio è», dichiarò.

«Nessuno ti ha costretto a venire a casa mia e ad accettare l'invito. Quanto alla qualità del cibo, è quello che mio padre e mia madre si possono permettere e che ha sempre nutrito benissimo me e mia sorella», replicò con tono fermo.

Lui sorrise, le accarezzò il viso e sussurrò: «L'unico cibo che avrei voluto è quello delle tue labbra». Accostò l'auto al ciglio della strada, si fermò, la prese tra le braccia e la baciò con un desiderio che la sconvolse, mentre lei si domandava che cosa avrebbe provato quando avessero fatto l'amore.

Questo accadde qualche settimana dopo, quando il tepore della primavera lasciò spazio alle prime carezze dell'estate e Magìa scoprì la gioia di fare sesso, quello pienamente appagante di cui parlavano i romanzi.

Avrebbe voluto poter dire a sua madre: «Guarda che il papà ti ha dato una solenne fregatura per tutta la vita». Ovviamente non poteva, ma si convinse che Paolo Pinazzi era l'uomo giusto per lei, non fosse altro che per averla liberata dalla monotonia sfibrante del fidanzamento con Luigi.

Il suo bel tenebroso aveva fatto le cose in grande per la loro fantastica «prima volta». L'aveva portata a Venezia, dove aveva prenotato una lussuosa camera d'albergo. Poi aveva riservato un tavolo al *Cipriani* e le aveva offerto cibi squisiti. L'aveva stordita di parole dolcissime, raccontandole quanto era bella e desiderabile e promettendole un amore che non avrebbe mai conosciuto i cedimenti del tempo, l'aveva fatta salire su una gondola che percorse silenziosa i canali sotto un cielo stellato, infine, avevano fatto l'amore in un grande letto accogliente, rivestito di seta e broccati, alla luce morbida delle lampade, avvolti dal profumo di candidi lillà che Paolo le aveva fatto trovare in camera.

Fu una notte da ricordare per tutta la vita e, da quel momento, Magìa seppe che lui era un uomo assolutamente perfetto, che le sue opinioni erano infallibili e le sue decisioni ineludibili. Si rimproverò tacitamente persino di aver trovato ridicola l'anziana signora Pinazzi, quando lui la condusse a Ferrara per conoscerla. Perché la signora Noemi Malagoli, vedova Pinazzi, si esprimeva con un linguaggio lezioso, intercalando nell'apologia della loro famiglia la frase: «Perché io, in quanto funzionaria comunale». Indossava abiti da ragazzina che esaltavano, invece di nascondere, la stanchezza delle membra e le mostrò, fiera di sé, le cicatrici di un lifting al viso che l'aveva ringiovanita, secondo lei, di vent'anni. La futura suocera le confessò, candidamente, di vantare ancora parecchi corteggiatori e che, quando entrava in un locale al braccio di uno di loro, faceva la sua bella figura.

Con tutto il trucco che aveva in faccia e lo smalto scarlatto sulle unghie, Magìa la assimilò a una vecchia da luna park, ma poi si disse che era la madre amatissima di Paolo e, come tale, doveva essere una donna assolutamente perfetta.

Conobbe anche la sorella Sabrina e il marito di lei, Gaetano. Entrambi grondavano monili d'oro, ostentavano un'abbronzatura esagerata e parlavano continuamente dei profitti della loro attività di compravendita di auto usate.

«Le nostre non sono auto di serie. Noi trattiamo soltanto Ferrari, Maserati, Volvo, Audi e Rolls», precisò Sabrina, con lo stesso compiacimento con cui la mamma di Magìa affermava: «Noi discendiamo da una razza di poveri montanari che morivano di pellagra, ma grazie al cielo ci siamo nutriti come si deve e abbiamo cresciuto due figlie sane».

Magìa sperò di diventare amica di Sabrina, un giorno, sicura che il fidanzato ne sarebbe stato felice.

Nel frattempo Paolo le aveva infilato al dito un anello con brillante purissimo da un carato e, una sera d'autunno, aspettandola all'uscita dall'ufficio, le annunciò: «Dobbiamo festeggiare. Quindi ho prenotato un tavolo in un ristorantino romantico e brinderemo a champagne».

«Che cosa festeggiamo, caro?» domandò lei che non si era ancora abituata alla raffica di sorprese.

«Ho comperato la casa per noi due.»

«Dove?»

«A Milano, naturalmente. È al terzo piano di una palazzina signorile, un soggiorno ampio, una bella cucina, tre camere da letto, due bagni, due ingressi. Ti piacerà.»

«Non mi avevi detto che stavi per comperare casa. Mi sarebbe piaciuto vederla prima, con te», obiettò lei.

«Vuoi rimproverarmi per averti preparato una sorpresa?»

Magìa stava per replicare: «Visto che dovrò viverci anch'io, mi sarebbe piaciuto avere la mia parte nella scelta». Invece disse: «Quando posso vederla?»

A lui, tuttavia, non era sfuggita la sua smorfia di disappunto e il suo irresistibile sguardo tenebroso mandò bagliori di rabbia.

«È tutto qui quello che hai da dire?» la sfidò con aggressività. Lei non poteva, non doveva contraddirlo, perché quegli occhi le fecero quasi paura. Sorrise e si scusò: «Non sono ancora riuscita ad assorbire una sorpresa così grande».

«Ma le sorprese non finiscono qui», la incalzò lui, immediatamente rasserenato, posando sul tavolo il cofanetto di un gioielliere. Dentro c'era un bel bracciale d'oro firmato da Gerardo Sacco. Di fronte al suo smarrimento, Paolo sorrise compiaciuto e dichiarò: «È per tenerti alla catena. Non potrai mai sfuggirmi».

12

MAGÌA colse quei segnali di pericolo che avrebbero dovuto metterla in guardia, ma decise di ignorarli dopo essersi colpevolizzata per la propria ingratitudine.

Paolo amava fare le cose in grande, stupirla, anzi travolgerla, con la sua generosità. Quando si amavano la portava in paradiso e lei non aveva alcun diritto di criticarlo.

Tutto quello che doveva fare era amarlo senza condizioni, difendendolo anche dall'avversione che suo padre, Pina e, più recentemente anche la mamma, esprimevano nei suoi confronti.

La sera della vigilia delle nozze, prima di uscire con le amiche per festeggiare l'ultima notte da nubile, in casa Bombonati venne indetto una specie di consiglio di famiglia.

Fu Ersilia a parlare per prima e affermò: «Noi abbiamo il sospetto che avrai una vita molto tribolata con il Pinazzi».

«Vogliamo dirti che sei ancora in tempo a tirarti indietro», aggiunse il papà.

«Personalmente sono convinta che sia un uomo insicuro e che possa diventare un violento», sparò la sorella.

«Quand'ero ragazza, c'era un tipo come il Pinazzi che mi aveva chiesta in moglie. Mi piaceva tanto, ma il mio papà si oppose. Erano altri tempi e io non potei ribellarmi. Sposò una mia amica e la riempì di corna e di botte», raccontò la nonna.

«Voi siete matti da legare. Domani Paolo sarà mio marito e io non mi pentirò mai di questa scelta», dichiarò Magìa.

«Ma se fosse?» domandò la mamma.

«Non voglio proprio stare a sentirvi.»

«Ma, se capitasse, ricordati che noi ti avevamo avvisata», concluse il Bombonati, tristemente.

Magìa uscì per raggiungere le sue amiche, ma

era di pessimo umore e incolpava la famiglia di averle rovinato quella serata. Così telefonò a Paolo e gli rovesciò addosso la piena della sua amarezza. Lo sentì ridere di gusto e le disse: «Magìa, domani sarai mia moglie e sarò io la tua famiglia. I Bombonati te li potrai dimenticare».

Ecco, le era bastato sentire la sua voce e ascoltare le sue parole rassicuranti, perché il malumore si dissipasse all'istante e, ancora una volta, si ripeté che aveva fatto la scelta giusta.

«Quando torni da questa stupida festa con le tue amiche, chiamami», si raccomandò lui, prima di salutarla.

«Ma davvero tu non fai l'addio al celibato?» gli domandò.

«Tesoro mio, io sono amico di tutti e di nessuno, perché i miei soli amici siete tu e la mia famiglia», aveva risposto Paolo.

«Come sono fortunata», aveva sussurrato a se stessa, tornando a compiacersi con la sorte che le aveva regalato un compagno meraviglioso.

* * *

Ora, sola in quel letto d'ospedale, Magìa misurò il disastro degli anni passati accanto a un uomo che non amava più e sapeva di dover fare qualcosa per liberare se stessa e i suoi figli dalla schiavitù.

Pensò a Cipriana Sanna, la psicoterapeuta che occupava l'appartamento mansardato, e agli elementari suggerimenti che di tanto in tanto le aveva elargito per indurla a riflettere sul comportamento di suo marito.

Per non parlare di Marina, la domestica a ore, che vedeva tutto, taceva, ma la guardava con infinita pietà. I suoi sguardi erano identici a quelli delle maestre dei suoi bambini, quando andava ai colloqui con loro.

«I miei bambini!» sussurrò a fior di labbra, pensando con orrore al gesto folle che aveva commesso e che l'avrebbe privata per sempre del piacere di averli accanto.

La sorte l'aveva salvata dal più insano dei delitti, quello contro se stessa, perché aveva il dovere di continuare a vivere per loro, oltre che per sé, e se c'era qualcuno che doveva scomparire dal mondo, questi era Paolo Pinazzi.

Aveva cercato la morte nell'istante in cui aveva capito che lui non l'avrebbe mai lasciata e le avrebbe impedito di farlo a sua volta.

«Se tenti di andartene, io ti ammazzo», l'aveva minacciata nel corso dell'ultima lite, incollandola al muro e stringendole le mani intorno al collo.

Era accaduto la scorsa primavera, un giorno in cui Luca era in gita con la scuola e Sara era a casa di una compagna di classe.

Erano le nove del mattino, si era concessa un lungo bagno rilassante, approfittando del fatto che il Pinazzi, tornato da Londra la notte precedente, avrebbe dormito fino a tardi.

Si era rivestita, truccata, profumata e sedeva al tavolo della cucina, ormai pronta per uscire; stava scrivendo un messaggio da lasciare al marito per quando si fosse alzato.

All'improvviso lui era comparso in cucina, gli occhi ancora gonfi di sonno e arrossati per la stanchezza.

Sottrasse il biglietto che lei non aveva ancora

finito di scrivere e lesse a voce alta: «Caro Paolo, stamani mi concedo una frivolezza: vado dal parrucchiere».

Sollevò su di lei uno sguardo torvo e domandò: «Perché?»

«Perché sono una donna e le donne, quando possono, vanno dal parrucchiere», gli aveva risposto.

«Voglio una risposta, non una scusa idiota», era esploso, strappando il biglietto in mille pezzi.

Nella testa di Magìa aveva preso a lampeggiare furiosamente la spia rossa, il segnale di pericolo che, in tanti anni di matrimonio l'aveva aiutata a schivare ogni rischio, facendo così tornare il sorriso sulle labbra del marito. Ma quella mattina, a un tratto, quasi senza rendersene conto, e pur iniziando a tremare di paura, non tornò sui suoi passi.

«La replica idiota è la tua. Io vado dal parrucchiere», dichiarò. Si era alzata dalla sedia, e lo stava sfidando. L'atteggiamento fermo di Magìa acuì la sua aggressività.

«Ti ho chiesto perché stamattina vai dal parrucchiere e tu non mi hai risposto. Che cosa hai fatto, quando ero a Londra? Chi hai incontrato mentre io lavoravo e tu eri qui da sola?» sibilò, percorso da un tremito incontenibile.

«Quello che faccio sempre, giorno dopo giorno, da quando sono diventata tua moglie: ho badato ai figli, alla casa e alle tue botteghe. E sono una delle tante cretine che lavorano come un mulo senza essere pagate», spiattellò con voce furiosa.

Lui la prese per le ascelle, la trascinò contro il muro, le fu addosso imprigionandola con il proprio corpo e la incalzò: «Come osi parlarmi con questo tono? Ti sei fatta l'amante. Dillo! Nessuno può farmi passare per scemo. Nemmeno tu».

Magìa sapeva che il peggio non era ancora arrivato, ma era decisa a non ripiegare verso la fuga.

«Ma smettila di fare superman, perché sei soltanto un pavido che teme anche la sua ombra», dichiarò con voce ferma.

«Ripeti quello che hai detto: che cosa sono io?» urlò lui, mettendole le mani intorno al collo.

Chiamò a raccolta tutte le sue forze, che erano ormai pochissime, per ripetere: «Sei un pavido che ha paura della sua ombra. E sei anche matto da legare».

Le sue mani iniziarono a stringere il collo di Magìa, lentamente, inesorabilmente, e lei seppe che non avrebbe neppure provato a divincolarsi. Quello era un modo come un altro per liberarla da una schiavitù che stava diventando intollerabile.

All'improvviso Paolo mollò la presa, abbandonando le braccia ormai inerti contro i fianchi. Mentre lei annaspava in cerca d'aria, lui si accasciò su una sedia e cominciò a piangere, balbettando: «Perdonami».

Lei andò in bagno a guardarsi allo specchio. Alla base del collo c'erano i segni rossi delle dita di Paolo. Ormai il parrucchiere era l'ultimo dei suoi pensieri, ma non voleva neppure restare in casa con lui. Non aveva un'amica né un famigliare con cui sfogarsi. Mai e poi mai avrebbe raccontato ai genitori quello che il marito le aveva fatto. Si coprì il collo con un foulard di seta, lasciò l'appartamento sbattendo l'uscio alle sue spalle e salì a piedi il piano di scale che la separava dalla casa della dottoressa Sanna. Suonò alla sua porta.

Cipriana le aprì e le sorrise, domandandole: «Posso esserti utile?»

«Hai un angolino in cui io possa stare un po' da sola?» esordì Magìa.

Senza fare domande, la guidò verso un minuscolo salotto dove c'erano due poltrone e un divanetto rococò, un tavolino, un piccolo scrittoio, qualche ninnolo e stampe floreali alle pareti.

«Puoi stare qui, se ti va bene», disse la dottoressa.

Magìa annuì. Si rannicchiò in una poltrona, mentre la donna usciva, richiudendosi la porta alle spalle.

13

La filodiffusione trasmetteva una rilassante musica per archi sulle cui note Magìa iniziò a calmarsi. Ignorò le incessanti chiamate del marito che comparivano sul display del cellulare, fino a quando decise di spegnerlo.

Voleva solamente pensare alla sua condizione di donna maltrattata, al disastro del suo matrimonio, ai suoi figli che ne soffrivano, alla sua famiglia che, lassù a Rovatino, era all'oscuro di tutto, al disgusto per l'uomo che un tempo le era tanto piaciuto, al coraggio con cui lo aveva fronteggiato, rischiando di essere strangolata.

Alla fine si domandò in che modo poteva difendersi da lui, ma non trovava una risposta adeguata.

Nel salottino di Cipriana c'era una specchiera ovale accanto al terrazzino che si affacciava sul tetto. Si alzò dalla poltrona e, scostando il foulard legato al collo, esaminò i segni lasciati dalle dita di suo marito. Com'era possibile che l'uomo che dichiarava di amarla fosse stato sul punto di ucciderla? Non riusciva a capire. Le vennero in mente i racconti della nonna, quando le parlava delle bestie che, ai suoi tempi, rappresentavano la sopravvivenza dei montanari e come tali venivano accudite, amate, vezzeggiate; avevano nomi gentili, si chiamavano Fiorella, Dorina, Rosetta, i loro colli possenti venivano ornati con nastri e fiori e, dopo la mungitura, ricevevano una carezza sulla groppa, in segno di gratitudine. Ma c'erano contadini malvagi che sfogavano su quelle povere bestie la crudeltà che si portavano dentro, bastonandole e prendendole a calci e le bestie li guardavano smarrite, senza capire la ragione di tanta cattiveria. Ecco, lei si sentiva come uno di quegli animali.

La notte prima, mentre dormiva profondamente, Paolo era tornato da Londra. L'aveva presa nel sonno e lei, mezzo addormentata, lo aveva allontanato dicendogli: «Per favore, lasciami in pace».

Lui era uscito dalla loro camera sbattendo l'uscio. Probabilmente si era rifugiato sul divano del soggiorno a covare rancore e sospetti, perché era malato di gelosia. Comunque era poi tornato a letto e lei si era riaddormentata, non immaginando che al mattino lui l'avrebbe aggredita senza una ragione.

Tornò a rannicchiarsi nella poltrona, riattivò il cellulare e comparvero messaggini deliranti con cui il Pinazzi implorava il suo perdono e giurava sulle teste dei loro figli che mai più avrebbe alzato la voce o le mani su di lei.

Allora si accostò allo scrittoio dove c'erano carta e penne e iniziò a scrivere una lettera con la quale intendeva parlargli di sé. Le parole fluirono come un fiume e alla fine la rilesse: «Caro Paolo, io non posseggo nulla: non una casa, che è intestata a te, non un conto in banca, perché anche quello è soltanto tuo, non un lavoro, sebbene abbia sempre lavorato per te. Ho accettato questa dipendenza da te perché ero convinta di possedere un bene molto più prezioso: il tuo amore. Quale grande errore è stato amarti! Il tuo, per me, è un amore malato.

«Stamattina ho rischiato di morire strangolata dalle tue mani. Sarebbe stato un gesto pietoso e definitivo, perché tu mi strangoli da quattordici anni, giorno dopo giorno, ora dopo ora. Non immagini quante volte abbia desiderato di poterti lasciare. Non l'ho fatto, perché so che saresti capace di uccidermi e ti sfido a negarlo, visto che poche ore fa eri sul punto di farlo.

«Tu sei malato nell'anima e io non posso guarirti. Se hai un briciolo di pietà per me e per i bambini, lasciaci andare lontano dalla tua gelosia, dal tuo bisogno irragionevole di possesso».

Era la prima volta che, con tanto dolore, riusciva a dire la verità a se stessa e a suo marito.

Cipriana schiuse l'uscio del salottino, mise dentro la testa, le sorrise e domandò: «Ti va un piatto di spaghetti allo scoglio, rigorosamente senza aglio come piace a te? È quasi l'una e li ho appena spadellati».

Magìa la seguì in cucina e sedette alla tavola

apparecchiata, mentre la sua ospite stappava una bottiglia di Cannonau.

Presero a mangiare in silenzio. Magìa apprezzò la serenità di quel momento e invidiò quella donna così calma, disponibile, serena.

«Tra mezz'ora inizio a ricevere i pazienti. Sei sicura che io non possa fare qualcosa per te?» le domandò mentre sorseggiavano il vino.

«Prestami il tuo cellulare. Voglio chiamare casa per sapere se mio marito c'è o non c'è, perché non ho voglia di vederlo e non voglio che pensi che lo sto cercando.»

La dottoressa le tese il cellulare. Il telefono di casa squillò a vuoto, quindi Paolo era uscito.

«Via libera», esclamò, con un sospiro di sollievo.

«Stai pensando di lasciarlo?» domandò Cipriana.

«Purtroppo nemmeno la fiamma ossidrica potrebbe spezzare le mie catene», rispose Magìa e scostò il foulard per mostrarle i segni impressi sul collo.

«Oh Gesù mio! Dovresti rivolgerti subito alla polizia», si allarmò la dottoressa.

«Per peggiorare la situazione? Perché è questo che accadrebbe. Queste cose le sai meglio di me. Sarebbe capace di sfasciare me e i miei figli.»

«So benissimo di che cosa sono capaci questi individui.»

«No, tu non lo sai, perché mio marito è fuori dagli schemi. Lui è capace di tenerezze che tu non puoi immaginare, ma se lo lasciassi, mi scoverebbe ovunque e, alla prima occasione, mi ucciderebbe. Purtroppo non bastano le leggi per condannare i violenti. Anzi, in casi come il mio, la legge non serve. Quello che manca è il rispetto per la donna. Che genere di educazione ha ricevuto mio marito da sua madre e da un padre la cui figura rimane avvolta nel mistero? Non lo so e non voglio saperlo. Invece so che voglio vivere per me stessa e per i miei figli», disse Magìa.

«Conosco una casa protetta dove potresti rifugiarti subito con i bambini e lui non lo verrebbe mai a sapere.»

«Dovrei rinchiudermi io, invece di far rinchiudere lui», si ribellò Magìa.

«Hai mai provato ad agire d'astuzia?»

«In che modo? L'ho giustificato per anni, sentendomi colpevole quando lui perdeva le staffe. Alla fine l'ho fronteggiato e questo che vedi sul mio collo è il risultato. Parli di agire d'astuzia. Se fossi una donna astuta non l'avrei sposato.»

Cipriana la abbracciò, le accarezzò i capelli, mentre Magìa piangeva disperatamente.

«Non puoi affrontarlo di petto, lo capisco. Credo però che tu sia sufficientemente intelligente da intuire come muoverti. Per anni hai assecondato tuo marito per amore e per paura, colpevolizzandoti. Adesso hai preso coscienza della realtà e questo è un grosso passo avanti. Sarebbe un successo se d'ora in poi fosse lui a temere te. Fatti guidare dall'intuito. Non so come, ma sento che ce la farai a liberarti di lui. Fidati delle mie parole», la rincuorò.

Magìa salutò l'amica, scese al piano di sotto ed entrò in casa. Trasecolò vedendo sul tavolino del salotto un trionfo di rose rosse e un biglietto su cui il marito aveva scritto: «Magìa, sei tutta la mia vita e io mi sono comportato malissimo. Perdonami, se puoi».

Spalancò la finestra del soggiorno, perché il profumo di quelle rose costosissime la stordiva.

Ripescò dalla tasca della gonna la lettera che aveva scritto a suo marito e la lesse un'altra volta. Capì che non aveva senso dargliela, anche perché non sarebbero state le sue parole a cambiare la testa di uno squilibrato.

La strappò con il biglietto del Pinazzi e buttò le rose nella spazzatura.

14

Era nella stanza guardaroba e stava stirando una camicia del marito quando suonò il telefono.

Sul display del cordless lesse il numero di casa dei suoi genitori e rispose subito.

«Stai bene?» domandò Ersilia, sua madre.

«Certo che sì», mentì e soggiunse: «Perché me lo chiedi?»

«Di solito mi chiami a mezzogiorno e oggi non ti ho sentita», spiegò la signora Bombonati.

«Hai ragione, mamma. Il fatto è che il piccolino è andato in gita con la scuola. Sai, li portavano a visitare alcune fattorie-modello. Sara è a casa di una compagna di classe e io ne ho approfittato per pulire la casa, anche perché sabato sera partiamo e andiamo a fare Pasqua e Pasquetta a Forte dei Marmi. Devo preparare le borse per il viaggio, andare a scuola a prendere Luca quando scende dal pullman, e prelevare Sara a casa della sua amica...»

«Perché parli tanto, Magìa?» si stupì sua madre.

«Scusa, mamma. Cercavo di spiegarti. Vado un po' di fretta.»

Chiuse la comunicazione bruscamente, perché stava per esplodere in singhiozzi.

Spense il ferro da stiro, andò in bagno a cercare il Lasonil da spalmare sui lividi intorno al collo, ignorò il telefono che continuava a suonare, avendo letto sul display il numero di Paolo. Invece entrò in cucina e si preparò un caffè che andò a bere sul balcone che dava sulla via Eustachi.

Guardò le chiome verdeggianti dei platani che costellavano la via e pensò a tutte le sfumature delle piante a primavera nei boschi di Rovatino. In quei boschi era cresciuta respirando il profumo degli alberi, della terra umida, dei fiori dei suoi monti, senza mai apprezzarli veramente.

Ora pensava con rimpianto alle lucciole nelle

notti d'estate, avendo creduto di vivere meglio tra le luci al neon della città. Pensò ai concerti delle cicale sotto il sole di luglio e a quelli dei grilli nelle notti estive e si rammaricò di avere preferito il frastuono del traffico e la musica assordante che caratterizzavano la vita cittadina.

Rimpianse i vicoli contorti, lastricati di sassi, fiancheggiati da rustiche case, stalle e fienili di pietra con i tetti d'ardesia che splendevano d'argento quando il sole li inondava di luce, ai gradini dove la pietra portava impresse le orme di chi vi era salito nel corso dei secoli. Pensò alle cucine annerite dal fumo dei camini dove si cuocevano cibi di campagna, con le donne che ripetevano il lamento secolare sui disagi della loro esistenza: «Nove mesi d'inverno e tre mesi d'inferno», alludendo alle interminabili stagioni fredde e alle brevi estati quando ci si spaccava la schiena per raccogliere i frutti della terra, ringraziando il Signore se l'annata era stata buona e maledicendo la sorte infame quando le bestie si ammalavano o la terra aveva prodotto patate marce e verze infestate dai parassiti.

Poi era arrivata l'elettricità, erano stati installati i telefoni, le cucine a gas avevano sostituito i camini, la televisione aveva preso il posto riservato ai racconti serali nelle stalle. I contadini erano scesi a valle ed erano diventati operai, bottegai, artigiani. Lentamente avevano perduto la memoria delle loro radici. Eppure, alcuni di loro, come i Bombonati, erano rimasti aggrappati al loro borgo e i più vecchi raccontavano ancora quel mondo scomparso con le lacrime agli occhi, perché aveva i colori struggenti del rimpianto.

Solo ora capiva che cosa significava essere nati e vissuti a Rovatino.

Rientrò in casa e osservò le pareti tirate a stucco, gli arredi firmati da qualche architetto, cui mancava il senso della funzionalità e il calore delle cose vissute. Quanto poco valore aveva attribuito al suo borgo e alla sua storia! Si era lasciata incantare dal primo uomo che le aveva promesso il mondo, senza capire che il mondo vero era lì, nei luoghi in cui era nata.

Guardò l'orologio. Era il momento di uscire per andare a prendere i suoi figli.

Quando tornò a casa con loro, la tavola in sala da pranzo era apparecchiata in pompa magna, con i bicchieri di cristallo, le posate d'argento, i piatti di porcellana.

«Che festa è?» domandarono i bambini.

Sulla credenza erano allineati i vassoi con le specialità di una famosa gastronomia.

«È la nostra festa», annunciò Paolo con un sorriso raggiante.

I bambini sembravano disorientati da quella messa in scena. Magìa, impassibile, non fece commenti.

«Su, bambini, andiamo a lavarci e a cambiarci», disse.

«Voglio sapere perché è la nostra festa», insistette Sara, liberandosi dello zaino che le pesava sulle spalle.

«Perché siamo una bella famiglia. Perché ci vogliamo bene. Perché abbiamo una mamma meravigliosa», rispose il padre.

Con le rose del mattino e con la cena della sera, Paolo considerava chiuso l'incidente.

Nemmeno l'ombra di un accenno al gesto inconsulto della mattina. Paolo Pinazzi temeva le parole che ponevano in discussione i suoi comportamenti, probabilmente perché non era in grado di giustificarli e, allo stesso modo, rifuggiva da ogni confronto, sia con la moglie sia con i figli.

Agli inizi del loro matrimonio, quando Magìa aveva timidamente tentato di intavolare un dialogo, l'unico risultato ottenuto era stato quello di una sfuriata fatta di pugni contro il muro, sguardo minaccioso e porte sbattute quando era uscito di casa.

«Questa sera, tesoro mio, verrà la signora Marina a stare con i bambini, dopo mangiato, perché ti porto a teatro. Al *Nuovo* danno una commedia esilarante e voglio vederti fare sane risate», annunciò, sedendo a tavola.

Magìa avrebbe tanto voluto mandarlo al diavolo, invece si assicurò che il foulard fosse ben chiuso intorno al collo, perché i bambini non vedessero, e ricordò le parole di Cipriana: «Fatti guidare dall'intuito. Sento che ce la farai a liberarti di lui. Agisci d'astuzia. Sarebbe un successo se d'ora in poi fosse lui a temere te».

Adesso disse: «Ho avuto una giornataccia e tu sai bene perché. Questa sera sono molto provata e non verrò a teatro. Ho bisogno di riposare e dormirò da sola, nella stanza guardaroba, così avrai il nostro letto tutto per te. Ti ricordo, inoltre, che i bambini vorranno raccontarmi la loro giornata e non vedo l'ora di sapere come l'hanno trascorsa. Questo è un dovere oltre che un piacere di madre, e dovrebbe essere un piacere anche per te. Comunque, tu fai quello che vuoi».

Parlò fissandolo con severità, dritto negli occhi, e lui abbassò lo sguardo, senza replicare.

Sara e Luca guardavano alternativamente l'uno e l'altra senza capire fino in fondo il significato sotteso alle parole della mamma, ma, con l'istinto animalesco di tutti i bambini, sentivano che qualcosa era successo. Tutti, tranne il padre, mangiarono poco e di malavoglia le squisitezze della più costosa gastronomia milanese.

Magìa telefonò a Marina Corti per disdire la sua collaborazione serale. Poi si rifugiò in cucina con i figli e chiamò a raccolta tutte le sue forze per trovare una serenità che non aveva.

Dal soggiorno arrivavano le voci del televisore acceso. Era sicura che il marito, spiazzato dalla fermezza di sua moglie, invece di interrogarsi sul loro rapporto coniugale, stesse pensando a un regalo per sbalordirla.

15

ORA i suoi figli erano lì, seduti sul suo letto d'ospedale, i visi arrossati dal freddo, gli sguardi smarriti di chi non capisce che cosa è successo alla loro mamma. Mentre li stringeva a sé, Magìa sentì la gioia esploderle nel cuore. Una gioia incrinata dall'angoscia per il loro futuro, perché quei bambini stavano respirando un clima malato all'interno della famiglia, con un padre squilibrato e una madre che fingeva che tutto andasse bene: quanto di peggio potesse capitare a due pianticelle che stavano crescendo.

Era arrivato il momento di raccontare la verità. Ma poteva forse rivelare loro che aveva tentato il suicidio? Li avrebbe ulteriormente sconvolti.

Sara le domandò: «Come stai, mammina?»

«Bene, ora che vi vedo e posso abbracciarvi», rispose.

«Quando vieni a casa?» volle sapere Luca.

«Forse domani, forse tra un paio di giorni. Deve stabilirlo il medico», intervenne il padre che, ritto ai piedi del letto, li osservava con un senso di disagio.

«Lo hanno chiesto a me», replicò Magìa con voce ferma, fissando il marito negli occhi con uno sguardo tutt'altro che benevolo. Poi si addolcì mentre diceva ai suoi figli: «Vi voglio bene».

Avrebbe voluto che una forza magica li avvolgesse tutti e tre e li trasportasse lontano da lì, dalla loro casa di via Eustachi, dalla presenza incombente e maligna di quel padre insicuro e violento. Sara si staccò dalla madre, estrasse dalla tasca dei jeans il cellulare, se lo portò all'orecchio e sgusciò fuori dalla stanza.

«Ecco, hai voluto regalarle il telefonino e adesso tocchi con mano che le sue amiche contano più di te e di me», sbottò il marito.

Magìa non si prese il disturbo di replicare,

perché ormai non le interessavano più le opinioni di Paolo.

In realtà, all'inizio dell'anno scolastico, lei aveva deciso di dotare la figlia di un cellulare per poterla tenere sotto controllo e rassicurarsi. Sapeva benissimo che i messaggini e le telefonate chilometriche erano entrate a far parte della quotidianità della figlia adolescente, ma era consapevole che succedeva lo stesso alle sue coetanee che stavano crescendo e che sentivano più impellente il bisogno di comunicare con gli amici anziché con i genitori. Riteneva fosse giusto così. La sua piccola Sara stava recidendo il cordone ombelicale che la legava alla famiglia e cominciava l'esplorazione di un'altra realtà, quella del mondo esterno. Sapeva di doverla seguire da vicino in questo percorso, ma doveva farlo senza ossessionarla.

Sara tornò nella stanza. Era pallida e sussurrò: «La mia compagna di banco dice che sul giornale c'è scritto di una donna che abita in via Eustachi e che ha tentato di suicidarsi con i farmaci. Sua madre le ha detto che forse era la mia mamma».

Calò il gelo nella stanza. I figli la guardavano

sgomenti e il marito fu sul punto di reagire come faceva sempre quando doveva fronteggiare una situazione scomoda: mettersi a urlare. Magìa lo fulminò con un'occhiataccia e poi dichiarò: «Temo proprio che il giornale parli di me ma, come sempre, c'è un'altra faccia della verità. Soltanto chi non mi conosce può aver pensato una cosa così brutta. Vi sembra possibile che la vostra mamma, che vi ama tantissimo, volesse suicidarsi? Che non volesse più abbracciare i suoi pulcini adorati? Ragionate con la vostra testa. Credete davvero che avrei rinunciato a voi?»

Mentre enunciava questa grande bugia, decise che sarebbe stata l'ultima di una lunga serie di menzogne che aveva pronunciato in quattordici anni di matrimonio.

«Io non credo proprio che tu volessi morire, mammina», sussurrò Luca.

«Allora, che cos'è successo?» domandò Sara.

Paolo Pinazzi stringeva i pugni e taceva, quasi trattenendo il respiro.

«Avevo un gran mal di schiena. Credo di essermi lamentata con voi, mentre vi accompagnavo a scuola», prese a improvvisare Magìa.

«Io non me lo ricordo», obiettò Sara.

«Tu non ascolti, perché stai sempre attaccata al cellulare», ribatté Luca.

«Non ho avuto neppure la forza di andare a fare la spesa, l'altra mattina. Mi sono trascinata in casa e ho deciso di prendere delle pastiglie antinfiammatorie. Poi mi ha chiamato la nonna Ersilia e mi ha tenuta al telefono per un bel pezzo. Io, che continuavo ad avere male, ho preso altre due pastiglie, mi sono distesa sul letto e poi... poi mi sono svegliata qui, in ospedale. Avevo scambiato per antinfiammatori una medicina che mi aveva prescritto il neurologo e che mi aveva spedita nel mondo dei sogni. Alla fine, il mal di schiena è passato e ora sto bene. Ecco com'è andata.»

Magìa vide gli sguardi un po' dubbiosi dei figli, chiese perdono al cielo per quella colossale bugia, e notò il viso rasserenato di suo marito.

16

Magìa lasciò l'ospedale e tornò a casa accompagnata dal marito quand'era da poco passato mezzogiorno. L'atrio della palazzina Liberty la accolse in una festosa veste natalizia.

Ernesta Solmi aveva allestito un albero più ricco del solito e ora l'ingresso scintillava di luci. Non mancava neppure il profumo del minestrone della custode che, avendola scorta dalla guardiola, le andò incontro per abbracciarla.

«Ha visto che bello, signora Pinazzi? L'altra mattina, poco prima di portare i bambini a scuola, lei mi aveva detto che sentiva che questo sarebbe stato un Natale di pace. Lei è tornata a casa in buona salute e anch'io adesso penso che avremo tutti un bel Natale.» Mentre le parlava, Ernesta notò una luce nuova nello sguardo di Magìa e si rese conto che i suoi occhi color fiordaliso brillavano di una risolutezza che non le aveva mai conosciuto. Così disse ancora: «Lo sa che è cambiata?»

«In meglio o in peggio?»

«In meglio, perbacco! Di solito, l'ospedale non fa bene a nessuno. Lei, invece, sembra rifiorita», affermò compiaciuta.

Paolo Pinazzi, che aveva in mano la borsa della moglie, diede segni di impazienza, ma lei, che pure se n'era accorta, non si scompose.

«Sento il solito profumo di buon minestrone», esclamò con allegria.

«Vogliamo continuare a fare salotto nell'atrio?» sbuffò lui, nervoso. Entrambe lo ignorarono.

«In casa c'è Marina che l'aspetta con una pentola di minestrone caldo e glielo servirà subito», le annunciò la portinaia.

Lui si avviò con passo determinato verso l'ascensore, e la spronò con un tono aspro: «Ti decidi a salire in casa?»

Magìa levò uno sguardo al cielo, sospirando:

«Lui, invece, non cambia mai». E senza scomporsi proseguì: «Sento una nota marcata di basilico».

«Di quello fresco, che mia figlia coltiva in serra», sussurrò la custode, un po' preoccupata perché il Pinazzi guardava entrambe con occhi di brace.

Magìa concluse: «Ci vediamo, signora Ernesta. Intanto, grazie di tutto». Poi si avviò verso il marito che nel frattempo aveva spalancato con malagrazia la porta dell'ascensore.

Marina li aspettava sulla porta dell'appartamento e le due donne si abbracciarono con trasporto.

«Grazie per avermi salvata», le sussurrò Magìa.

Marina si domandò se fosse davvero salva e rispose: «Grazie a te per essere tornata a casa».

L'aiutò a levarsi il cappotto, mentre la padrona di casa si guardava intorno e notò subito un gran fascio di candide calle sulla consolle del vestibolo.

«Queste te le hanno mandate i condomini che sono stati molto in ansia per te», spiegò la domestica. E continuò: «Ho apparecchiato in cucina e adesso scappo, prima che tuo marito mi butti fuori di casa. Alle quattro vado a prendere i tuoi ragazzi a nuoto».

Magìa sedette a tavola di fronte a Paolo, mangiarono in silenzio, poi, mentre lei sparecchiava la tavola, lui osservò: «Sei cambiata davvero, come ha detto la portinaia. Ma non in meglio».

«Vedi com'è fatto il mondo? Tutto dipende dai punti di vista», rispose serafica.

«Mi sembri la regina di Saba», borbottò lui.

«Non torni a bottega? Non credi d'aver trascurato abbastanza i tuoi interessi in un periodo in cui c'è tanto lavoro?» replicò lei, con voce suadente.

«Per caso, hai voglia di stare sola?» indagò sospettoso.

«Mi piacerebbe.»

«Dopo tutte le pene che mi hai fatto patire in questi giorni, mi tratti come se fossi il tuo lacchè.»

«Dimentichi quelle che hai fatto patire a me per tutti questi anni», sottolineò lei. Chiuse lo sportello della lavastoviglie e lo lasciò in cucina a riflettere su questa affermazione.

Ma lui non voleva riflettere. Quello che gli premeva era ritrovare al più presto il ritmo abituale e ristabilire i loro ruoli: lui il padrone indiscusso e lei l'ancella sottomessa.

La trovò acciambellata sul divano del soggiorno, mentre parlava con la madre al cellulare e la rassicurava sulla sua salute.

«Anch'io e i bambini abbiamo voglia di un bel Natale a Rovatino. Mi mancano tanto le notti della vigilia, con i piccoli che intrecciano canti lungo i vicoli e noi grandi che li seguiamo con le torce accese, i piedi gelati e la neve che fiocca; e poi il calore e il silenzio delle nostre case e al mattino tu che ci svegli offrendoci il castagnaccio appena sfornato e il latte caldo. I miei bambini non hanno mai conosciuto la magia dei nostri Natali. Quest'anno sarà diverso, te lo prometto.»

Chiuse la telefonata nel momento in cui il marito sbottava: «Ma che cosa stai architettando? Lo sai benissimo che il Natale si festeggia a Ferrara con la mia famiglia!»

«Quest'anno non sarà così. Non per noi, almeno. Tu, invece, sei libero di andare dove vuoi», tagliò corto Magìa, uscendo dal soggiorno. Poco dopo lo sentì sbattere violentemente la porta di casa. Finalmente se n'era andato. Lei trasse un respiro di sollievo.

Fece il giro dell'appartamento, entrò nelle camerette dei suoi figli e passò in rassegna i pupazzi, i poster, i giochi, i libri illustrati. Accarezzò i loro letti e poi si sdraiò su quello di Luca, affondando il volto nel suo cuscino. Lei voleva godersi la loro innocenza fino a quando fossero cresciuti, senza paure, senza l'ombra incombente della gelosia del loro padre.

Si coprì con il plaid di lana dai colori vivaci, chiuse gli occhi e prese a volare con la fantasia.

Pensò che avrebbe tanto desiderato possedere le arti magiche del Mago Merlino per far svanire in un soffio la figura inquietante del suo bellissimo marito, una presenza che soffocava ogni slancio, ogni risata, ogni momento giocoso che sgorgava quando era con i suoi figli, i quali, senza il padre, respiravano più liberamente.

Lei non odiava Paolo, ma ne aveva paura, perché era un compagno di vita pericoloso per lei e i loro bambini.

Era un uomo malato che si rifiutava di riconoscere la sua malattia e quindi era destinato a peggiorare sempre più.

«Se fossi capace di fare una magia, lo farei sparire così, con uno schiocco delle dita», sussurrò al cuscino, e ricordò i giorni precedenti al suo tentativo di trovare nei sonniferi una via di fuga da un'esistenza diventata insopportabile.

17

«PERCHÉ tu puoi e io no?» la interrogò Sara con voce petulante.

«Perché io sono una donna e tu sei ancora una bambina», replicò Magìa con tono fermo.

«Quando ti fa comodo sono una bambina e, sempre quando ti fa comodo, sono una donnina. Deciditi: o sono grande o sono piccola. Comunque, tutte le mie compagne si truccano. Perché io non posso farlo?» strillò con voce isterica la figlia adolescente, seduta in macchina accanto alla madre che la stava accompagnando a scuola.

«Che palle!» sbottò Luca, che sedeva sul sedile posteriore.

Le due lo ignorarono e proseguirono nel battibecco.

«Se le tue compagne si buttano nel fosso, tu le segui? Che cos'è questa voglia forsennata di apparire? Perché non sono riuscita a trasmetterti il valore importante della semplicità?»

Erano appena le otto del mattino e Magìa era già stanca della lotta quotidiana con la figlia dodicenne che si riteneva adulta; era preoccupata anche per i silenzi del figlio di otto anni che non protestava mai e solo raramente manifestava il suo disagio in due parole: «Che palle».

Il pensiero andò al marito, che a quell'ora dormiva ancora, lasciando che fosse lei a sbrigarsela con i figli. Meglio così, perché quando interveniva faceva solo danni. Li educava comperando loro di tutto. Diceva: «Se state buoni, vi faccio un regalo fantastico». Era incapace di instaurare un dialogo anche con loro, che stavano male, e Magìa non sapeva come aiutarli, se non sottraendoli al padre.

«Sara, ascoltami. Tu dimostri più dei tuoi dodici anni. Se ti trucchi, sembri ancora più adulta, ma in realtà sei solo una bambina. Lo sai quanti delinquenti ci sono in giro, pronti a insidiare le ragazzine indifese? Se ti fai vedere truccata, con i jeans a vita bassa e l'ombelico al vento, gli occhi bistrati, le unghie laccate, diventi un richiamo per i pervertiti, che possono farti molto male. Riesci a capirmi?» Magìa aveva espresso solamente una parte dei suoi timori. Avrebbe voluto dire alla figlia adolescente che con questo suo bisogno di sentirsi grande si stava bruciando gli anni dell'infanzia, che crescere e diventare donna non era la panacea ai suoi disagi, che gli errori di quando si è bambini diventano disastri quando si vuole crescere troppo in fretta. Insomma, avrebbe voluto poter parlare più a lungo con lei, ma non c'era mai il tempo. E quand'anche ci fosse stato, inevitabilmente Paolo avrebbe impedito a lei e ai suoi figli di confrontarsi con serenità.

Il rapporto con suo marito era diventato una specie di gioco al massacro e sentiva che lui non si sarebbe mai tranquillizzato fino a quando non l'avesse messa in ginocchio. Questa consapevolezza, iniziata il giorno in cui era stato sul punto di strangolarla, era andata man mano accrescendo il suo bisogno di liberarsi di lui. Ma sapeva che non c'erano appigli legali che le garantissero l'incolumità, quindi temporeggiava, barcamenandosi come poteva, e convincendosi che la sorte le avrebbe indicato una via d'uscita.

Dopo aver lasciato i bambini a scuola, come ogni mattina si era infilata nel supermercato del quartiere per fare la spesa. Alle dieci era di nuovo a casa. Paolo, per fortuna, dormiva ancora e, quando dormiva, o era fuori casa, lei riusciva a rilassarsi.

Quella mattina aveva un appuntamento con una funzionaria dell'Inps per chiarire un contenzioso su alcuni versamenti contributivi di un paio di dipendenti delle calzolerie.

Magìa si occupava da sempre di queste pratiche burocratiche e lo faceva con professionalità, e quando i sistemi informatizzati dell'ente nazionale andavano in tilt, allora toccava a lei sbrogliare la matassa.

Quindi, mise in frigorifero la spesa e andò in bagno a sistemarsi, prima di uscire.

Il marito entrò nella stanza da bagno mentre lei si spennellava le ciglia con il mascara.

«Perché ti tiri a lustro?» le domandò, con la voce ancora impastata di sonno.

«Lo faccio ogni giorno e lo sai. Vado anche di fretta, perché ho un appuntamento all'Inps per chiarire la situazione delle due commesse che se ne sono andate», spiegò.

Chiuse il tubetto del mascara e prese a spazzolarsi i capelli. Lui sedette sull'orlo della vasca da bagno, sbadigliò e le chiese: «E c'è bisogno di tutto questo spolvero per mettersi in coda in quegli uffici?»

«Ne ho bisogno io, per me stessa.»

Lui si rialzò e si mise ritto dietro di lei, posandole le mani sulle spalle. Lei cominciò a tremare e le sfuggì la spazzola che cadde nel lavandino.

«Non ho nessuna intenzione di farti del male», disse lui, con voce mielosa, mentre le premeva la sua virilità contro la schiena. Anni prima, avrebbe apprezzato quel segnale. Ora le diede soltanto un senso di nausea. Gli sgusciò dalle mani e uscì dal bagno.

Lui gridò: «Mi spieghi a che accidenti servono tutti i soldi che spendo per te in neurologi e farmaci?»

Lei era un fascio di nervi e avrebbe voluto rispondere per le rime, tuttavia si trattenne, mentre cercava con rabbia la cartelletta in cui aveva raggruppato i giustificativi da portare all'Inps. Ma quando lo vide comparire nel soggiorno, con la faccia torva dei momenti peggiori, non si trattenne e, a sua volta, urlò: «Non ti sei accorto che il nostro matrimonio non sta più in piedi? Che cosa aspetti ad andartene e lasciare in pace me e i miei figli?»

Afferrò la cartelletta e il cappotto posato sul bracciolo di una poltrona. Lui la fronteggiò.

Era teso, la bocca serrata, i pugni stretti, le braccia rigide lungo i fianchi, gli occhi stravolti. Sibilò: «Ti ho sottratta a una vita di stenti, a una famiglia di miserabili, ti ho rimessa all'onore del mondo, ti ho dato una casa, un'automobile, vestiti e gioielli, viaggi e vacanze in hotel a cinque stelle. E, per tutta ricompensa, mi dici di andarmene da casa mia per lasciare in pace te e i bambini. Non illuderti che io ti lasci, perché non lascio quello che mi appartiene, né ora né mai. Mi hai capito?»

Magìa si infilò il cappotto. Ormai aveva la piena consapevolezza che suo marito era uno psicopatico, che diventava sempre più pericoloso ed era sicuramente sul punto di metterle di nuovo le mani addosso. Guardò la porta di casa desiderando fuggire al più presto. Le sembrò un miracolo l'istante in cui si trovò fuori, sul pianerottolo, davanti all'ascensore. Premette il pulsante, poi decise di scendere le scale, temendo che lui la rincorresse. Respirò di sollievo soltanto quando salì in macchina e si fu allontanata da casa. Allora svoltò in via Plinio, miracolosamente trovò un parcheggio, vi si infilò, spense il motore, si prese il viso tra le mani e cominciò a singhiozzare, in preda a un tremito che non riusciva a controllare. Pescò dalla borsetta una minuscola scatola d'oro a forma di orsacchiotto, con gli occhi di zaffiro e un rubino sulla punta del naso. Era un portapillole, uno dei tanti regali preziosi e inutili di suo marito. Prelevò due pastiglie di tranquillante e le ingoiò.

Ormai si aggrappava ai sedativi, ai tranquillanti, ai sonniferi quando piombava nella disperazione. Le risuonavano ancora nelle orecchie le ultime parole del marito: «Non lascio quello che mi appartiene». Uscì dall'auto, entrò in un bar, bevve un cappuccino e poi chiamò sul cellulare la funzionaria dell'Inps con cui aveva appuntamento.

«Mi scusi», le disse. «Sono imbottigliata nel traffico e non riesco a venire da lei. Possiamo rimandare a domani?»

La donna rispose qualcosa, ma lei non la sentì. I tranquillanti cominciavano a fare effetto e lei risalì in macchina, rovesciò il capo contro lo schienale, chiuse gli occhi e si abbandonò a una deliziosa sensazione di sonnolenza.

Era ormai mezzogiorno quando recuperò il senso della realtà. Si sentiva un po' frastornata, ma era calma, quasi serena. Tuttavia non se la sentì di guidare. Così ridiscese dall'auto e si avviò verso casa a piedi, sperando che la camminata e il freddo pungente la risvegliassero completamente. Si augurò che il marito se ne fosse andato, invece era lì, nell'ingresso e l'aspettava.

18

Era ancora in pigiama, il viso ombreggiato dalla barba non fatta, e aveva pianto. Sentì per lui una pena infinita.

«Finalmente sei qui», disse lui traendo un lungo respiro. «Credevo che non ti avrei rivista mai più», soggiunse.

«Dove mai potrei andare, senza un euro in tasca?» borbottò Magìa, lasciandosi cadere di peso sul divano, senza nemmeno togliersi il cappotto.

Lui vide i segni del mascara che si era sciolto lungo le guance pallide della sua bellissima moglie.

«Anche tu hai pianto», constatò, quasi sollevato e, sedendole di fronte, proseguì: «Perché dobbiamo farci del male?»

«Sono stanca. Lasciami in pace. Sono anni che ti chiedo di parlare e tu scappi urlando. Adesso è un po' tardi per farlo, non credi?»

«In queste due ore in cui ti credevo perduta per sempre, ho riflettuto. Io non posso essere diverso da come sono e, del resto, non credo d'essere il peggiore dei mariti. Ti tengo legata perché ho paura di perderti.»

«Come un cane al guinzaglio, perché non scappi», affermò lei.

«Sei la donna che amo e ti voglio sempre vicina», la corresse.

«Ma fammi il piacere!» sbottò Magìa. «La donna amata che tu tradisci continuamente. Lo hai fatto anche ieri sera e non offendere la mia intelligenza negando, tanto la cosa non mi tocca e invece mi fa sperare ogni volta che tu ti innamori di un'altra e mi lasci libera», rispose, incurante dell'espressione del marito che si andava incupendo.

«Hai proprio una voglia matta di liberarti di me», replicò minaccioso.

«È un bisogno, intenso tanto quanto il tuo di tenermi legata.»

«Non sfidarmi, perché potrebbe finire male e tu lo sai», la minacciò. E soggiunse: «Come ti ho fatta, allo stesso modo posso distruggerti».

«A distruggermi ci ho già pensato io il giorno in cui ti ho incontrato. Ero affascinata da te e, qualunque sciocchezza tu dicessi o facessi, a me sembrava l'espressione della tua originalità. Mi dicevo: Magìa, la sorte ti ha favorita facendoti incontrare l'uomo dei tuoi sogni. Come potevo immaginare che fossi soltanto un uomo malato, così pieno di paure da temere perfino la tua ombra?» urlò tra le lacrime. Poi si rialzò per fronteggiarlo.

Uno schiaffo violento la colpì in pieno viso e lei vacillò. Sentì fitte lancinanti tra la guancia e l'orecchio.

«Adesso che mi hai colpita, ti illudi di aver ristabilito la tua autorità, di aver imposto la tua supremazia, di aver chiarito chi è la schiava e chi è il padrone? Goditi la tua vittoria.»

Gli passò davanti ignorandolo, raggiunse la

camera di Sara, entrò, si chiuse a chiave e si buttò sul letto.

Lo sentì gridare, imprecare, sbattere porte e sportelli ma non gliene importò niente, perché i sedativi le stavano di nuovo regalando una quiete celestiale.

Alla fine si addormentò.

Si svegliò quando i farmaci ebbero esaurito il loro effetto benefico e allora l'angoscia tornò ad assalirla.

Per fortuna il marito se n'era andato e lei, davanti allo specchio del bagno, constatò il gonfiore bluastro che disegnava sulla guancia l'impronta di quattro dita. Spalmò sul viso uno strato di fard nel tentativo di nascondere l'ematoma, poi uscì di casa per andare a prendere i figli a scuola.

«Che cosa sono quei segni che hai in faccia?» domandò Sara, mentre erano in macchina.

«Il papà l'ha picchiata», disse sottovoce Luca.

«Ma quali sciocchezze ti vengono in mente? Ho

soltanto sbattuto contro uno stipo della cucina», mentì Magìa.

Era una bugia, i bambini lo sapevano, ma diedero per buona la sua risposta. Ormai l'inganno era diventato la loro regola di vita.

La sera, durante la cena, l'atmosfera era tesa e nessuno parlava.

Paolo Pinazzi non riuscì a reggere la tensione e sbottò: «È morto qualcuno?»

Nessuno gli rispose. Allora lui calò sul tavolo un pugno poderoso, facendo tintinnare le stoviglie, e urlò: «Io lavoro come un disperato per mantenervi tutti quanti ed è questo il risultato che ottengo?»

Si guardò intorno e di fronte ai loro occhi bassi e alle labbra mute, proseguì: «Che altro devo fare per avere il calore della mia famiglia?»

«Magari rispettare la mamma», si decise a dire Sara, alzandosi di scatto dalla tavola e andandosene.

«Vieni qui», le ordinò il padre.

La ragazzina tornò sui propri passi e gli domandò: «Vuoi picchiare anche me?»

«Ti sei fatta montare la testa da tua madre!» deplorò lui.

Luca e Magìa tacevano.

«Basta guardarla in faccia, dove sono ben evidenti i segni delle tue dita», lo sferzò la figlia.

Lui scagliò il tovagliolo dentro il piatto della minestra, si alzò e sibilò: «Branco di parassiti! Adesso vorreste anche farmi il processo? Io vi mantengo tutti, e alla grande, da sempre. Senza di me andreste in giro a chiedere l'elemosina».

E poiché nessuno fiatava, lui sbatté violentemente la fronte contro l'anta del frigorifero.

A quel punto, Luca cominciò a strillare in preda alla paura, Sara si mise a piangere, Magìa sentiva che il cuore avrebbe potuto esploderle nel petto.

Paolo Pinazzi si prese il viso tra le mani e singhiozzò: «Ma come posso farvi capire che vi voglio bene? Che siete tutta la mia vita? Che senza di voi non potrei vivere neppure un giorno?»

I figli, a quel punto, lo abbracciarono.

«Dai, facciamo pace», implorò lui, rivolgendosi alla moglie che lo guardava con un senso di nausea e di pietà.

Poi lei disse: «Avremmo davvero tutto per essere una famiglia serena. Ma tu non stai bene, non sei mai stato bene».

«Lo so», ammise lui. E si affrettò a dichiarare: «Ma adesso sto bene, è tutto passato e dobbiamo prepararci a fare un bellissimo Natale, con magnifici regali per tutti e tanta allegria».

Magìa gli mise sulla fronte la borsa del ghiaccio. Avrebbe voluto ucciderlo, invece lo curava per amore dei suoi figli che stavano soffrendo.

Ormai non si faceva più illusioni, sapeva che gli scatti d'ira del marito si sarebbero riproposti all'infinito e un giorno sarebbero sfociati in tragedia.

Ogni giorno, le cronache portavano alla ribalta nuovi casi di violenza da parte di mariti, compagni, fidanzati, padri accecati dalla gelosia, dalla passione, dal rifiuto della donna alla sottomissione. Era nata una legge che puniva severamente questi atti efferati, ma quando mai le leggi avevano fermato gli assassini?

Magìa medicava la fronte del marito quando suonò il telefono di casa. Era partito in automatico il sistema d'allarme che segnalava un tentativo di intrusione nel retro del negozio in via Montenapoleone.

«La sorveglianza sarà già sul posto, ma devo andare a vedere di che cosa si tratta», annunciò l'uomo, che aveva riacquistato il controllo di sé.

Magìa, dopo aver rigovernato la cucina, mise a letto i figli e gli promise che presto sarebbe tornata la serenità.

Prese alcuni sonniferi e andò a coricarsi anche lei. Il suo ultimo pensiero, prima di addormentarsi, fu quello di riuscire a dormire per l'eternità.

19

Si alzò alle sei e mezzo del mattino e trovò suo marito in cucina già sbarbato e pronto per affrontare la giornata. Aveva preparato la colazione per tutta la famiglia e la accolse con un bacio sulla guancia. L'ematoma sulla fronte era quasi sparito.

«Per fortuna non hanno fatto in tempo a rubare niente, ma devo comunque presentarmi alla polizia per firmare la denuncia e avvertire l'assicurazione per i danni all'impianto d'allarme e alla porta blindata che hanno scardinato», raccontò riferendosi al negozio in cui era suonato l'allarme. Sembrava l'uomo più dolce e tranquillo del mondo. Magìa rifletté: chiunque lo vedesse in questo momento, penserebbe che la matta sono io, tanto più che mi imbottisco di psicofarmaci. Ma quanto a lungo durerà questa quiete? Un'ora, un giorno, un mese?

La voce morbida e suadente di Paolo, che diventava metallica e sgradevole nei momenti di rabbia, oppure si trasformava in una vocina infantile quando stava male, sollecitò i figli: «Tesori miei, sveglia! Vi ho preparato una buona colazione e vi aspetto in cucina con la mamma».

Pochi minuti dopo erano tutti a tavola e lui sorrideva compiaciuto, osservando i bambini che si contendevano i bomboloni farciti di crema pasticciera.

Lui annunciò: «Stasera andremo tutti al circo Orfei. Ho prenotato quattro posti in prima fila».

«Forte!» si lasciò sfuggire Luca.

«Fortissimo», trillò Sara.

«Già», annuì mestamente Magìa.

«A stasera, tesori miei», li salutò il padre e poi si chinò a sfiorare con un bacio le labbra della moglie.

«Non me lo regali un sorriso?» le domandò con il tono di un bambino che chiede alla mamma di comperargli un gelato.

Magìa, che portava ancora sulla guancia i segni dello schiaffo ricevuto, lo fulminò con un'occhiataccia, ma lui insistette: «Ti prego, solo un piccolo sorriso». Poi le sussurrò all'orecchio: «Perdonami, per favore».

Lei avrebbe voluto replicare: «Tu vorrai il mio perdono anche quando mi avrai ammazzata». Invece tacque, perché i bambini li osservavano. Dunque gli sorrise condiscendente e lui se ne andò felice.

Lei, invece, era disperata, anche perché non sapeva come muoversi. Si dibatteva tra il bisogno di sfogarsi con i suoi figli e il timore che, così facendo, avrebbero sofferto ancora di più.

Erano passati tanti mesi dal giorno in cui il Pinazzi aveva tentato di strangolarla e lei brancolava ancora nel buio alla ricerca di una soluzione per liberarsi di lui.

«Si sta così bene quando il papà è tranquillo», osservò Sara dopo aver bevuto l'ultimo sorso di latte.

«Si sta così male quando il papà urla e spacca

tutto», sussurrò Luca, mentre sgusciava fuori dalla cucina.

Sara guardò sua madre e osservò: «Lo sappiamo che il papà non sopporta i musi lunghi e tu, mamma, ce l'hai spesso il muso lungo con lui».

Ecco, rifletté lei, i miei figli non sanno che cosa pensare né a chi credere. Non diventeranno mai adulti equilibrati in una situazione come questa e la colpa è mia, tutta mia, solo mia, che ho voluto il Pinazzi con tutta me stessa, ignorando i consigli di chi mi vuole bene.

Uscì con i figli per accompagnarli a scuola. Nel cortile del palazzo scambiò alcune parole con la custode, ma un istante dopo non avrebbe saputo riferire di che cosa avevano discorso, perché era in preda a uno sconforto totale.

Infatti si meravigliò quando Sara, che sedeva in auto al suo fianco, le domandò: «Mammina, sei sicura che passeremo un buon Natale?»

«Certo che ne sono sicura», rispose automaticamente.

Luca si sporse dal sedile posteriore e le sussurrò

all'orecchio: «Mamma, io voglio un Natale magico e, se tu ti impegni, puoi fare una grande magia».

Un nodo di commozione le serrò la gola. Deglutì e poi esclamò: «Vi voglio tanto bene, cuccioli miei».

«Posso raccontare in classe che stasera papà ci porta al circo Orfei?» domandò Sara.

«Perché non dovresti?» ribatté lei.

«Io non lo dico a nessuno, perché torneremo tardi, domattina avrò sonno e la maestra osserverebbe che al circo si va di sabato, non di martedì, perché poi la domenica si può dormire.»

Magìa vide i suoi figli scendere dall'auto davanti ai cancelli della scuola e stette lì immobile, con il motore acceso, a desiderare con tutta se stessa di non essere mai nata.

La vigilessa che regolava il traffico nei pressi dell'edificio scolastico richiamò la sua attenzione suonando il fischietto e sollecitandola ad allontanarsi.

Allora lei ingranò la marcia e ripartì alla volta di casa. Non se la sentiva di andare al supermercato. Era stanca, stordita, svuotata. Aveva voglia di piangere, ma le lacrime non scendevano.

Salì in casa, si levò il cappotto, i guanti e gli stivali foderati di pelliccia.

Pensò: voglio dormire e dimenticare.

Raggiunse il bagno e si guardò allo specchio. Vide una donna dallo sguardo spento. Aprì lo sportello dell'armadietto dei farmaci. Trovò due blister dei suoi sonniferi. Li prese e, automaticamente, li infilò nella tasca dei jeans. Poi andò in cucina e dal frigorifero prelevò una bottiglia d'acqua minerale.

Il telefono di casa prese a suonare. Non se ne preoccupò e non rispose neppure al cellulare.

Disse in un sussurro: «Ho bisogno di pace».

Si avviò verso la camera da letto.

Di quella mattina non ricordava altro, se non che, a un certo punto, si era svegliata ed era in ospedale.

20

MAGÌA arrivò a Rovatino mentre il sole declinava dietro la cresta delle montagne innevate. Fermò l'auto sulla piazza antistante il muro di cinta del borgo. I ragazzi scesero con lei e contemplarono affascinati la valle da cui proveniva attutito il frastuono del traffico, poi si voltarono a guardare il profilo dei tetti del borgo coperti dalla coltre bianca, con il fumo che usciva dai camini. Regnava un silenzio intatto.

Affondando i piedi nella neve scrocchiante, recuperarono dal bagagliaio un gran numero di pacchi e sacchetti che contenevano i doni per loro e per i Bombonati.

«Che bello!» esclamò il piccolo Luca. «Sembra

di entrare in un presepio», soggiunse mentre si avviavano verso il portale d'ingresso al borgo.

«Perché parli sottovoce?» domandò Sara.

«Non lo so. Mi viene così.»

La campanella della chiesetta batté quattro rintocchi. La sera ci sarebbe stata la funzione della Vigilia ed erano curiosi di vedere il presepio settecentesco di legno dipinto che, da sempre, era in dotazione del piccolo tempio.

Superato l'ingresso, furono accolti da una festa di luminarie natalizie che decoravano le case, le stalle, i balconi. Due coppie di turisti americani scattavano fotografie sulla piazzetta della fontana, davanti all'ingresso del Bed and Breakfast ornato di rami d'abete e una serie infinita di minuscole lucine d'oro. Era l'albergo della zia Pina. Entrarono facendo tintinnare una campanella e furono avvolti dal calore di quelle antiche mura ripulite, restaurate e adorne di rami d'abete e nastrini luminosi.

«Siete carichi come muli», esordì Pina, andando loro incontro e aiutandoli a depositare i pacchetti dietro il bancone del ricevimento.

I ragazzi abbracciarono la zia.

«Che belle facce gelate che avete», sorrise lei.

«La mamma e il papà?» domandò Magìa.

«Sono in casa e vi aspettano per fare merenda, visto che sono le quattro», rispose Pina.

«Stasera ceniamo qui o in casa?» chiese Sara.

«In casa, come ai vecchi tempi, quando la vostra mamma e io eravamo bambine», ribatté la zia e s'informò: «Vostro padre non è venuto?»

«Figurati! Chiuderà i negozi non prima delle sette, poi si metterà in macchina e ci raggiungerà», spiegò Magìa.

Pina si rivolse ai nipoti e annunciò: «I vostri cugini sono dai nonni e vi aspettano per fare il presepio. Io e lo zio verremo per l'ora di cena, perché adesso devo finire di preparare qualche piccola sorpresa per i miei ospiti. Sono insegnanti dell'Università della California che si tratterranno fino a Santo Stefano».

La casa dei nonni era in fondo al vicolo che partiva dalla piazzetta. L'uscio, come sempre, era soltanto accostato e loro tre si infilarono nell'ingresso su cui si aprivano due porte contrapposte:

quella della grande cucina e l'altra della «saletta», che non veniva mai usata. Da uno stereo dilagavano le note di un canto di Natale: «È una notte fredda e chiara / e una voce dice che / per i semplici di cuore / la salvezza ora c'è». A Magìa, quelle parole sembrarono un buon auspicio.

«Non l'ho mai sentita questa canzone», osservò Sara, mentre si levava il piumino.

«E altre ancora ne sentirete che non avete mai ascoltato prima», sorrise Magìa, spalancando la porta della cucina, illuminata soltanto dalle alte fiamme che lambivano il grande camino. Intorno al tavolo c'erano i tre figli di Pina che, sorvegliati dal nonno, andavano prelevando da uno scatolone le statuine del presepio, mentre il nonno Bombonati si raccomandava: «Attenti a non rompere il pastorello, che già vostra madre lo aveva fatto cadere, da bambina, ed è tutto una incollatura».

I visi dei parenti si illuminarono al loro ingresso. Ersilia, che era davanti al lavandino a pulire la frutta per la macedonia, si commosse vedendo la figlia e i nipoti milanesi. Si asciugò le mani nel grembiule e abbracciò Sara e Luca, balbettando:

«Siete proprio venuti da noi. È la prima volta in quattordici anni che farò il mio Natale con voi». Era sul punto di piangere di gioia.

I bambini si unirono ai cugini, Ersilia continuava a tenere stretta a sé Magìa, il vecchio Bombonati disse: «Tuo marito non viene?»

«Ci raggiungerà stasera, giusto in tempo per l'apertura dei regali», rispose Magìa.

«Dove sono i regali?» domandò Marinella, la figlia più piccola di Pina.

«Quelli li porterà Gesù Bambino», replicò la nonna.

Il Bombonati fece spazio sulla cassapanca, sotto la finestra, mentre i suoi cinque nipoti cominciarono ad allestire il presepio, tra un allegro vociare con il sottofondo di un altro canto che recitava: «La notte di Natale è nato un bel bambino, bianco, rosso, tutto ricciolino. Maria lavava, Giuseppe stendeva, il bimbo piangeva dal freddo che aveva».

«Prima la *teppa*», suggerì il nonno, posando uno strato di muschio vero sul ripiano del mobile.

Ecco, era così che Magìa si era sempre figurata il Natale, quando invece doveva seguire il marito a Ferrara e assistere alle esibizioni della suocera e della cognata che sfoggiavano un nuovo gioiello e parlavano della crociera in programma per Capodanno, mentre il cognato vantava le sue conoscenze con qualche politico molto influente e suo marito, per non essere da meno, tirava in ballo i nomi prestigiosi dei suoi clienti o la vendita di scarpine di Manolo Blahnik da ventimila euro all'amante di un imprenditore brianzolo. Intanto si stappavano bottiglie di champagne francese, e poi veniva aperta una scatola da un chilo di caviale russo, regalo di un uomo d'affari moscovita con cui lui era in ottimi rapporti.

Quest'anno, per la prima volta, il suo Natale e quello dei suoi figli sarebbe stato un Natale vero, come quelli della sua infanzia.

Era scesa la sera, tra chiacchiere, risate, vapore di cibi antichi ed erano tutti intorno al tavolo, allungato per l'occasione e coperto da una tovaglia immacolata. Al centro era posata la zuppiera fumante, le luci erano state spente di nuovo ed erano state accese le candele. Il Bombonati sedeva a un capo del tavolo e sua moglie a quello opposto. Schierati lungo i due lati c'erano tutti gli altri, tranne il Pinazzi che aveva chiamato poco prima, urlando all'orecchio di Magìa tutta la sua rabbia: «Sono stanco morto e mi tocca mettermi in macchina per venire fin lì, su quei bricchi, in mezzo alla neve».

«Mi dispiace», aveva sussurrato lei, che si era isolata nel corridoio per ascoltare la telefonata. E aveva soggiunto: «Vuoi venire domattina?»

«E stanotte devo dormire a casa da solo come l'ultimo dei derelitti?» aveva replicato.

«È Natale! Sforzati di essere un po' sereno, fallo almeno per i bambini che sono felici, credimi», cercò di rabbonirlo.

«Comunque non arriverò prima delle dieci. E poi, dove si dorme? Io non ci dormo a casa dei tuoi. Guarda, Magìa, partecipo a questa buffonata della festa di mezzanotte e poi torniamo tutti a Milano, chiaro?» aveva dichiarato con un tono che l'aveva spaventata.

Lei era in preda al panico. Aveva promesso ai figli che sarebbero ripartiti soltanto a Santo Stefano, perché sulla piazza della fontana il pomeriggio di

Natale ci sarebbe stata una rappresentazione sacra con attori dialettali in antichi costumi contadini.

Quando rientrò in cucina, Luca le domandò sottovoce: «Ha chiamato il papà?»

Lei annuì e spiegò: «Arriverà tardi e vuole riportarci a Milano dopo la festa di mezzanotte».

«No, io voglio stare qui», sbottò il figlio sul punto di piangere. Lo sentirono tutti e Sara brontolò: «Perché si deve sempre fare quello che vuole lui?»

«Non è detto», sussurrò Magìa facendosi coraggio e rivolgendo ai figli un sorriso complice.

La voce tonante del nonno annunciò: «Adesso tutti seduti e ognuno, nella sua mente, esprimerà un desiderio al bambinello che sta per nascere. Se il desiderio sarà importante, Lui lo esaudirà».

Questo era uno dei riti della notte della Vigilia in ogni casa del borgo. Si fece silenzio.

Tutti chiusero gli occhi, e reclinarono la fronte sulle mani congiunte in preghiera.

Dopo pochi minuti vennero riaccese le luci e iniziò la cena. Poi, mentre le donne rigovernavano i piatti, nonno, zio e nipoti si misero a giocare a tombola.

Erano quasi le undici di sera e Paolo Pinazzi non era ancora arrivato.

Poco prima di mezzanotte indossarono cappotti, sciarpe e berretti e uscirono diretti alla chiesetta della Madonna del Sasso. I figli di Magìa si rincorrevano felici con i cugini e sembrava che si fossero dimenticati del padre. Magìa, invece, lo chiamò ripetutamente sul cellulare che risultava spento. Camminava accanto alla madre e alla sorella, tremando al pensiero di vederlo comparire in preda all'ira per il viaggio disagevole che gli era toccato affrontare.

In uno sfavillio di luci, Magìa varcò la soglia della piccola chiesa di Rovatino di Sopra, insieme con tutta la famiglia. Un coro di bambini, cui si unirono anche i figli di Pina, raggiunse l'altare e intonò l'antico canto natalizio: «Tu scendi dalle stelle, o Re del Cielo, e vieni in una grotta al freddo e al gelo. O Bambino, mio divino, io ti vedo qui a tremar...»

Lei venne scossa da un lungo brivido e dal petto le sgorgò un singhiozzo che riuscì a trattenere. I suoi figli sorridevano e i loro sguardi esprimevano la gioia di assistere a quel rito assolutamente nuovo per loro. I bambini del coro tacquero e sedettero composti sulla pedana ai piedi del piccolo altare dove un sacerdote, indossando i paramenti sacri, salutò i fedeli e prese a parlare della meraviglia del rito del Natale che ogni anno riproponeva la nascita di Gesù venuto sulla Terra a immolarsi per amore degli uomini.

«E lo fece con gioia, perché mosso dall'amore per tutti noi», spiegò il prete, iniziando a officiare la messa.

Magìa aveva disattivato il cellulare prima di entrare in chiesa e, durante la funzione, dimenticò tutti i suoi guai, tornò bambina e si lasciò avvolgere dall'incanto della notte magica del Natale.

Quando la celebrazione finì, i bambini del coro intonarono: È una notte fredda e chiara / e una voce dice che / per i semplici di cuore / la salvezza ora c'è».

Intanto, alla spicciolata, i fedeli si accostavano all'altare, dov'era allestito il presepio. Ognuno allungava una mano a toccare il capo della statua di Gesù nella culla e poi si faceva il segno della croce.

Magìa riattivò il cellulare appena uscì dalla chiesa e immediatamente lo udì squillare.

Era Sabrina, sua cognata.

«Tuo fratello non si è ancora visto», si affrettò a dirle Magìa.

«Ti stiamo tutti cercando da oltre un'ora», replicò la cognata.

«Perché?» domandò, senza nascondere un senso di irritazione, convinta che stessero complottando per riportarla subito a Milano con i bambini e, da lì, a Ferrara, a casa della suocera.

Sabrina disse tutto d'un fiato: «Paolo è stato travolto da un'auto mentre attraversava piazza San Babila per raggiungere la sua macchina. È morto mentre lo trasportavano in ospedale». E proseguì raccontando tutti i particolari del caso.

«Quando è successo?» domandò Magìa incredula, con un filo di voce.

«Intorno alle otto. Noi siamo stati avvisati solo un'ora fa, perché la polizia non riusciva a contattare te.»

Magìa realizzò che a quell'ora, nella cucina dei suoi genitori, suo padre aveva invitato la famiglia riunita a esprimere in silenzio un desiderio al Bambino Gesù, asserendo che lui lo avrebbe esaudito se fosse stato davvero importante.

Il suo era stato: «Caro Gesù Bambino, ti prego, liberami dalla violenza che devo subire ogni giorno, dalla paura, dal terrore che una tragedia si abbatta su di me e sui miei figli, senza che possiamo fuggire, senza poterci difendere. Solo tu puoi salvarci, perché noi siamo prigionieri di un pazzo che decide delle nostre vite. Ti prego, caro Gesù, aiutaci tu, che sei venuto al mondo per portare pace e serenità a tutti noi».

Ora concluse la telefonata con la cognata e si addossò al muro di una casa, perché le gambe stavano cedendo. Alzò gli occhi e vide le stelle che brillavano nel cielo sereno.

Era davvero una notte fredda e chiara e la salvezza, finalmente, era arrivata per lei e per i suoi figli.

Finito di stampare nel maggio 2014
presso ELCOGRAF S.p.A.
Stabilimento di Cles (TN)
Printed in Italy

SOCIETA' ITALIANA DEGLI AUTORI ED EDITORI
SIAE
Aut. 0070/05/2014